# Сцена и жизнь

**Николай Гейнце**

# СОДЕРЖАНИЕ

| | | |
|---|---|---|
| I | Красавец—мужчина ............................... | 2 |
| II | Услужливый слуга ........................... | 7 |
| III | Секретарь—философ ...................... | 10 |
| IV | Артистка ..................................... | 15 |
| V | Без протекции ............................. | 21 |
| VI | Благотворительница ..................... | 28 |
| VII | Рассудил ..................................... | 32 |
| VIII | Дебютанты .............................. | 36 |
| IX | Врасплох ..................................... | 44 |
| X | Банкир ....................................... | 52 |
| XI | В Малом Ярославце ..................... | 61 |
| XII | Общее собрание ......................... | 69 |
| XIII | Скатертью дорога ...................... | 76 |
| XIV | Раскаяние ................................ | 83 |
| XV | Неисправимый ........................... | 92 |
| XVI | У актрисы ................................ | 98 |
| XVII | Подруга ................................. | 103 |
| XVIII | Кто в лес, кто по дрова ........................ | 110 |
| XIX | Скандал .................................. | 115 |
| XX | Возвращение .............................. | 121 |
| XXI | Не дожила ................................ | 126 |

# СЦЕНА И ЖИЗНЬ

Бедная, как она мало жила,
Как она много любила!
(Н. Некрасов.)

Piff, paffi tron la la! vive la rigolade!
(Из известной шансонетки).

## I

## КРАСАВЕЦ—МУЖЧИНА

Владимир Николаевич Бежецкий проснулся, против своего обыкновения, очень рано и притом в самом мрачном расположении духа. Быстро вскочив с постели, он накинул свой шелковый китайский халат и вышел в кабинет, роскошно отделанный в восточном вкусе.

Подошедши к одному из окон, он даже раздвинул тяжелые занавески. Так, показалось ему, мало давали света громадные окна кабинета, выходившие на одну из лучших улиц Петербурга. Раннее серое декабрьское утро на самом деле не приветливо и мрачно смотрелось в комнату и тускло освещало огромный письменный стол, заваленный массою книг, бумаг и тетрадей, большой турецкий диван, покрытый шалями, и всю остальную, манящую к покою, к кайфу обстановку кабинета.

Владимир Николаевич стал медленно ходить взад и вперед, напевая сквозь зубы какой—то грустный мотив, что служило несомненным признаком его крайней озабоченности и было, надо сказать, редким явлением, так как Бежецкий любил напевать большей частью из опереток, да и самую жизнь считал одним сплошным опереточным мотивом.

Он был в полном смысле bon vivant, прожигатель жизни, выбравший себе для нее девизом: день и ночь, сутки прочь! Несмотря на стукнувшие ему уже сорок лет, Владимир Николаевич был молод душою, ежеминутно увлекался и чувствовал себя положительно не по себе, если не был в данную минуту кем—либо очарован. Впрочем, и по наружности он казался моложе своих лет, время — этот, по выражению поэта, злой хищник, — несмотря на бурно проведенную юность и на постоянное настоящее прожигание жизни, как бы жалело, положить свою печать на это красивое, выразительное лицо, украсить сединою эти черные, шелковистые кудри и выхоленные усы и баки и заставить потускнеть эти большие блестящие глаза.

Владимир Николаевич был красавец мужчина в полном смысле этого слова. Высокий, стройный, изящный, всегда веселый, обладающий неисчерпаемым остроумием, он умел нравится всем, особенно женщинам и был их кумиром. Меняя свои привязанности, как перчатки, он этим не уменьшал, а напротив, увеличивал число своих поклонниц.

Занимая видное положение председателя "общества поощрения искусств", всегда окруженный артистками и жаждущими во что бы то ни стало ими сделаться, он катался, что называется, как сыр в масле.

С этой стороны он был совершенно доволен своею должностью, оплачиваемой к тому же весьма солидным содержанием, но, увы, была и другая сторона медали — это лежавшая на Владимире Николаевиче хозяйственная часть.

Тут всегда выходили "недоразумения". На общественных деньгах не было особой отметки, и Бежецкий как—то невольно смешивал их со своими и при ежегодных составлении отчета и поверке кассы был в затруднении.

Никогда, однако, это затруднение не достигало такой непреодолимости, как в этот раз.

Этим и объясняется мрачное настроение Владимира Николаевича в описываемое нами утро.

Бежецкий все продолжал ходить из угла в угол. Он даже не заметил, как в кабинет вошел его лакей Аким, угрюмый старик с красным носом, красноречиво говорившим о неустанном поклонении его владельца богу Бахусу, и остановился у притолоки двери, противоположной той, которая вела в спальню.

Аким своими воспаленными хитрыми, вечно слезящимися глазами молча следил за расхаживавшим по кабинету барином, и тонкая усмешка, изредка появлявшаяся на его губах, ясно доказывала, что он хорошо знает причину дурного расположения духа своего хозяина.

Наконец Аким тихо кашлянул.

Владимир Николаевич вздрогнул, остановился, обернулся в его сторону, несколько секунд посмотрел на него вопросительно и затем снова стал продолжать свою прогулку.

— Так как же таперича прикажете? — медленно начал тот. — Нешто к жиду сходить?.. Я намеднись был у него, чай пил, билетец в театр ему дал и с женой и с дочерью. Может, уговорю. Я уж ему и то тогды-то закинул. Знал, что понадобится, пошлете. Барин, мол, в скорости после тетушки большими деньгами наследует, потому тетушка Богу душу отдала.

Бежецкий остановился и удивленно посмотрел на Акима.

— Чего вы смотрите, это я для шику сказал. Уваженья больше. Не пронюхает, что неправда — сойдет! — серьезно заметил старик.

Владимир Николаевич нервно расхохотался.

— А может таперича оно и подействует, денег-то и даст. Так прикажете сходить? — невозмутимо продолжал Аким.

— Ну, ступай, только не назюзюкайся, — заметил Бежецкий, все еще смеясь и опускаясь на диван.

— Вот вы всегда так—то! Эх, барин!.. Обидеть завсегда норовите, а я ведь все для вас же лажу. Вас жалеючи, — обиделся тот.

— Ну как же не так. Для меня и напиваешься, квазимодо.

— Вестимо, для вас! Разве без того—то можно. За рюмочкой—то ладнее, да дружнее поразговоришься, да поразмаслишься. Человек добрее бывает. Ну, и так, и этак его возьмешь, он и раскошелится. Кабы не это то — никогда бы я вам ничего не добыл. Вот ведь таперича, в этом самом месяце, тысячу рублей у нарышкинского повара прихватили да пятьсот рублей у дьячка. А все я компанию—то вожу. Поневоле выпьешь. Ведь что я от дьячковой—то жены перетерпел за это. Страсть сказать. Дьячок—то нализался, так она чуть с лестницы меня не спустила. Так ошарашила, ей Богу! Я это взял да в сторону, да будто пьяненький...

— Будто! — передразнил его Владимир Николаевич. — Наверное, шельма, в самом деле был пьян, лыка не вязал.

— Разорвись моя утроба, не был пьян. Ей—ей! Так она меня и ну дубасить. Бьет, а я все молчу, кряхчу только. Бей, мол, матушка, бей, заплатишь мне за это. Ведь шкура—то не купленная. Как проспался дьячок, я к нему и шасть. Вишь, мол, фонари—то — это твоя жена мне их под глазами засветила. Давай барину взаймы, а то к мировому. А у них священник молодой, строжайший — узнает, что пьет дьячек — беда ему. Дьячок мой туда сюда, взмолился! Не тут—то было! Давай деньги, не то тррах тебе! Дьячок, видит, капут, неча делать, раскошелился и дал, вот мы и помирились. Так вот из—за вас какие муки принимаю. Инда таперича спина болит. Уважила она меня тогда на славу. Любя вас претерпел.

Бежецкий перестал смеяться и задумчиво сидел на диване, облокотившись на одну из его подушек. Он, казалось, и не слыхал последнего рассказа своего лакея.

5

В передней раздался звонок.

— Кого там еще несет спозаранку?! — проворчал Аким и вышел из кабинета.

# II

# УСЛУЖЛИВЫЙ СЛУГА

Владимир Николаевич остался один.

— Просто не знаю, что делать? — начал думать он вслух. — Из ума нейдет. Покою себе не нахожу... Жалованье за Крюковскую получил, за два месяца пятьсот рублей, расписался за нее, а деньги все вышли. Не понимаю, куда? Черт меня знает, как это случилось, но только все израсходовались. Отдать ей нечем, она третий раз пишет записки. Приказываю сказать, что очень болен, принять не могу и сам не выхожу. Наверно, от нее опять посол. После моего ухаживанья за ней, ей странно должно показаться, что обо мне ни слуху, ни духу целых три дня. Нестерпимое состояние... Точно Дамоклов меч висит надо мной... А кто виноват? Сам.

Бежецкий вздохнул.

— Теперь и мучайся. Проклятые деньги! Как надоедает вертеться с рубля на рубль, перебиваться кое—как. Постылая жизнь! Да еще в кассе тоже не все, через несколько дней и там понадобятся. Просто хоть не живи. А занять теперь трудно стало, ох, как трудно; все прижимаются, у кого деньги есть. Да и Бог знает у кого они есть? Ни у кого нет. Прежде у всех были, а нынче ни у кого. Удивительно, право, куда они девались.

Владимир Николаевич встал с дивана и снова зашагал по кабинету.

— И хоть бы узнать, — начал он снова после некоторого молчания, — где они лежат, взял—то бы уж с умом бы.

— Да, — закончил он свои размышления с новым глубоким вздохом, дело дрянь, если Аким не достанет. Этот жидюга Шмель тоже обещал, да наверно надует, протобестия.

— Господин Шмель пришел, — доложил вошедший Аким, ставя на письменный стол поднос с стаканом чаю и несколькими бутербродами на тарелке.

— Вот легок на помине. Проси!

— Я нонича вам к чаю—то бутерброды приготовил. Больно вы мало кушать стали.

— Откуда это такой стакан с серебряной подстановкой? У меня прежде не было, — уставился Бежецкий на Акима, сев за стол и взяв в руки заинтересовавший его стакан.

— Суприс вам делаю! — лукаво подмигнул ему Аким. — Прежде не было, а теперь есть, — торжественно заключил он.

— Да откуда же ты взял? У тебя ведь денег не было, сам говорил.

— А вам какое дело? Еще откуда взял. Уж разве сказать? Споворил у Кириловской барыни, как вы к ней посылали, — таинственно прошептал Аким.

— Ах, ты болван! Разве можно это делать? Ведь ты меня срамишь. Вот скандал! Воровать начал. Отнеси сейчас назад! — крикнул Бежецкий.

— Что за беда, что взял. Никакого сраму нету, никто не знает. Что ж, что взял, ведь у нас же воруют. Сколько вещей разворовали. Я на отместку, на убылое место. У нас таскают, а мы что за святые, что не смей. Другие могут, а мы нет? Не из дому тащу, а в дом.

— Да разве мне прилично пить из ворованного стакана. Пошел, идиотская харя, сейчас отнеси, отдай. Quelle canalle. Как ты осмелился мне подать, старый негодяй!

— Хотел суприс — угодить вам, а вы ругаться! Дурак, что сказал, право, дурак. Никогда от вас благодарности не дождешься, как ни старайся. Об вас же заботился.

В голосе Акима слышалось искреннее огорчение.

— Он заботился! — еще более возвысил голос Владимир Николаевич. Убирайся, дурак, вон! Без разговору сегодня же изволь отдать. Слышишь! Иначе я тебя вон выгоню.

Он сунул поднос с стаканом в руки подошедшего Акима.

— А где же Шмель?

— Там дожидается... суровым, недовольным тоном отвечал тот.

— Так что же ты его там держишь! Разве это вежливо? Проси сейчас сюда!

— Не велика птица, подождет и там! — ворчал, уходя, себе под нос Аким.

— Какова скотина! — вскочил с кресла Бежецкий. — Этакая скотина и разбирает еще, кто какая птица! Merci du peu. Так зазнался, животное, не знаю просто, что с ним делать. Вон выгнать надо.

— Да неловко; знает все мои дела. Болтать будет! — решил он после некоторого раздумья.

В дверях кабинета, между тем, появился дожидавшийся в приемной Борис Александрович Шмель.

# III

## СЕКРЕТАРЬ—РЕФЕРЕНТ

Вошедший был далеко не старый, юркий человечек.

Его физиономия и вся фигура не оставляли ни малейшего сомнения в его семитическом происхождении, хотя Борис Александрович упорно отрицал это обстоятельство.

Он был членом "общества поощрения искусств" и, кроме того, состоял секретарем при Владимире Николаевиче, исполняя и обязанности эконома.

— Здравствуйте, Владимир Николаевич! Как изволите поживать? Ваше драгоценное здоровье? — почтительными мелкими шажками подкатился он к Бежецкому.

— Здравствуйте, Шмель. Спасибо, здоровье мое ничего, только вот в кармане чахотка. Никак не могу найти доктора, который бы излечил эту проклятую болезнь. Не окажетесь ли вы им, мой милейший? — со смехом отвечал тот.

— Несмотря на все мое желание угодить вам, не мог ничего сделать, Владимир Николаевич! Такая досада! — сделал Шмель печальную физиономию. — Да паллиативные средства и не помогут, — многозначительно добавил он.

— Одно есть у меня средство, заветное средство против вашей чахотки, — продолжал он, помолчав, и усаживаясь по приглашению Бежецкого рядом с ним на диван. — То вот радикально бы могло излечить. Я его в других случаях, сходных с вашим, применял — помогало!

— Так говорите скорей, какое?

— Надо бы... вам жениться. У меня невеста есть для вас на примете. Такая, просто чудо. Лучше и сами для себя не выберете. Уж я насчет этого знаток, — самодовольно улыбнулся Шмель. — Плохую не рекомендую. Моей

10

рекомендацией все и всегда оставались довольны, потому что я на это зорок. Как увидите, так и влюбитесь, а деньжищ — полмиллиона! Ну, конечно, между нами условьице сделаем. Мне тысяченок десять тоже заработать дадите. Уж как бы зажили славно.

— Это значит продать себя за деньги!? — вспыхнул Владимир Николаевич. — Нет, уж извините, я на это не пойду. Мне моя свобода дороже всего. Переносить бабьи слезы, сцены ревности, нянчиться с женой весь век! Да ни за что на свете. Спасибо, мне и так от бабья достается. А тут на законном—то основании. Да через неделю сбежишь.

Бежецкий уже успокоился, в его последних словах слышался задушевный смех.

— Ну, как угодно—с... Как вам угодно, — оторопел Шмель от тирады Владимира Николаевича. — Я только осмелился посоветовать, думаю, за то всегда деньги будут. А это вам нужно; вы барин, привыкли хорошо пожить, без денег—то и трудно.

— Черт с ними и с деньгами. Еще какая попадется, — засмеялся Бежецкий. — Пожалуй, и сбежать не даст, запрет либо прибьет, как жена моего Акима.

Шмель захихикал.

— Однако скверно, — заметил Владимир Николаевич после некоторого раздумья, — что денег не достали. Некрасивый пейзаж может выйти! Совсем гадость... Что же нам теперь делать?

Борис Александрович в ответ только безнадежно развел руками.

— Вот что, Шмель, — нерешительно начал Бежецкий, — помогите мне составить отчеты... Я сам к этому не привык. Надо будет недостающую сумму порассовать кое—куда. Вы на это, кажется, мастер.

— С удовольствием! — вскочил с дивана Борис Александрович. — Это с удовольствием, я на это, вы правду сказали, мастер. Умею дела делать. И не в таких переделках бывал, да слава Богу, сух из воды выходил.

В голосе его слышалось самодовольство.

— Умом не обижен от судьбы, — докторальным тоном продолжал он, — вот мое достоинство; да и опытность есть, видел, как дела делаются. Пожалуйте—ка сюда... Мы сейчас...

Шмель подошел к письменному столу, взял книги и начал их рассматривать.

— Тут помараем, да почистим, да поскоблим, а здесь запишем, лишь бы чисто было.

Владимир Николаевич присел к письменному столу и взял книгу, которую Шмель держал в руках.

— Вы сядьте, чего вы стоите, — обратился он к нему.

Борис Александрович уселся рядом.

— Вот как тут сделать? — указал Бежецкий на одно место в кассе. — Au nom de Dieu, как с этим быть? Что сделать с этим расходом? Не придумаю, куда деньги показать, sacre nom du Dueu!

Владимир Николаевич усиленно тер себе лоб.

— Так вы, Владимир Николаевич, отчего в другую рубрику не внесете? Я вот всегда так делаю. В одной нельзя больше показать, так я в другую страничку и влеплю. Напишите, что керосину больше вышло, да еще кой—чего прибавьте. Вот и выйдет так. Наши—то бессчетные дураки все равно не досчитаются. Деньги наши же — общественные, значит, — мы ими можем распоряжаться. Это надо быть идиотом, если самому не пользоваться, а другим давать брать. Рассудите хорошенько, все равно кто—нибудь да воспользуется ими: не вы, так другой председатель. Смотря так с философской точки зрения, на это дело, пускай лучше я буду для этого умен, чем кто—нибудь другой. Зачем мимо рта проносить да зевать. Я, по крайней мере, не желаю быть вороной.

Шмель расхохотался.

— Философски рассуждая, оно конечно так, — согласился Бежецкий. — Только боюсь, как бы не придрались к этому на общем собрании. Ведь наши индюки иногда сидят, думают, думают, да и отольют какую—нибудь пулю. Вон Величковскому давно хочется в

12

председатели на мое место попасть. Возьмет да и брякнет, а другие за ним, у нас в этом отношении ведь совсем баранье стадо.

Он с усилием деланно улыбнулся.

— Полноте, что вы, — замахал руками Шмель. — С вашим—то уменьем очаровывать людей и обращаться с ними, да и я разве допущу, дам вас в обиду. Я такой гвалт и содом подыму, что сам черт ничего не разберет. Уж в этом отношении можете положиться на меня. Я умею зубы заговаривать. Дам я вас им сожрать, как же! Да ни за что на свете. И наконец, все так делают, что же тут такого. Вы за моей спиной, как за каменной стеной; все общество, если понадобится, вверх дном переверну. Помилуйте, я с семьей при вас только свет увидал, вздохнул. Всем вам обязан. Ведь если вы вон, значит, и я вон. Новый председатель не оставит меня экономом. Что же мне по миру с семьей идти? Чем кормить? Голодать, что ли, прикажете? Раз вы при обществе, то и мы сыты.

Во время этой горячей тирады Бориса Александровича в передней раздался сильный звонок.

— Крюковская, Надежда Александровна, — таинственно доложил вошедший Аким. — Очень вас желает повидать. Так я сказал, что вы почиваете. Нездоровы—де, потому вы не велели принимать никого. Она не уходит, дожидать просит.

— Зачем ты сказал, болван, что я дома? — с досадой крикнул Владимир Николаевич.

— Да как же в такую пору—то. Рань ведь! — отпарировал Аким.

— Эх, черт возьми! — вскочил с кресла Бежецкий.

— Совестно страшно мне ее... как сказать? Это ужасно! Отказать неловко, — взволнованным шепотом продолжал он.

— Ну—с, так я теперь отправлюсь, — подмигнул лукаво Шмель Акиму, расшаркиваясь перед Бежецким. — К вам пришли, заниматься некогда будет. В другой раз зайду. Счастливо оставаться, Владимир Николаевич. Не хочу вам мешать. До свиданья.

— До свиданья! — машинально повторил Бежецкий.

Шмель быстро удалился.

Владимир Николаевич все продолжал стоять с совершенно растерянным видом.

— Как же быть, — думал он. — Вот положение... Она, впрочем, хорошая, простая, добрая... Разве покаяться во всем...

— Нет, не могу, — отогнал он эту мысль. — Ей больше чем кому-нибудь не могу... Презирать будет. Очень уж чистая у нее душа. Нет, слишком дорожу я ее мнением. Au nom du Dieu, что придумать! Нет, не выпутаться...

— Так как прикажете? — вывел его из нашедшего на него столбняка вопросом Аким.

— Что?

Владимир Николаевич оглянулся кругом.

— Хорошо, что Шмель ушел, — подумал он, — без него все лучше, а то бы и он заметил. Ужасное положение! И выхода нет. Повидаться-то с ней хотелось бы. Три дня не видал... Эх! Делать нечего, надо принять. Будь что будет!

— Проси! — кивнул он Акиму.

Тот быстро вышел.

# IV

# АРТИСТКА

Надежда Александровна Крюковская, таинственный доклад о приезде которой Акима так сильно взволновал Владимира Николаевича, была премьерша драматической труппы при театре "Общества поощрения искусств", в котором, кроме любителей, служили на жаловании и "заправские" артисты.

Среди последних талантом, красотой и молодостью выделялась Надежда Александровна, но это ее превосходство не возбуждало, против обыкновения, среди ее товарищей по сцене завистливого недоброжелательства: так умела эта еще почти совсем молоденькая девушка поставить себя в их разношерстной среде. Она относилась ко всем служившим с ней с сердечною теплотою, готова была всегда с подкупающей сердце искренностью придти на помощь нуждающемуся из товарищей, в каком бы ранге ни состоял он или она на сцене, и последние платили ей восторженным обожанием.

Это явление повторялось ежегодно, где бы не служила Крюковская.

Уже пять лет прошло с тех пор, как она в первый раз вступила на сценические подмостки. Четыре года провела она сезоны на провинциальных сценах и лишь первый год выступила в столице.

Вокруг нее сейчас же собрался многочисленный кружок поклонников, но вскоре все они должны были сознаться, что жестоко обманулись в своих надеждах, основанных на испытанной ими не раз легкости победы над "звездочками парусинового неба".

Эта звездочка оказалась для них чересчур далекой.

По происхождению Надежда Александровна была из богатой помещичьей семьи, получила строгое домашнее воспитание, оставившее в ней отпечаток неуловимой сдержанности и неподдельной женственности.

Какие причины заставили ее в таком юном возрасте покинуть родительский дом для сцены, куда она принесла недюжинный талант, чем в наше время не может похвастаться большинство не только любительниц, но и настоящих актрис, — это было известно только ей одной.

Владимир Николаевич год тому назад, конечно, с восторгом принял ее на сцену театра вверенного ему общества и не замедлил начать усиленно за ней ухаживать.

Надежда Александровна, надо сказать правду, отличала его из толпы своих поклонников, но, увы! Такое платоническое отличие было далеко не в его вкусе.

Порой он даже замечал в ее добрых светлых, как лазурь неба, глазах мелькавший луч любви, но не этого жаждал этот мотылек от цветка, вокруг которого настойчиво порхал.

Видимая трудность победы сделала даже то, что Владимир Николаевич стал воображать, что в его сердце закралось серьезное чувство, и это—то и было главной причиной отказа, не высказанной им Шмелю при предложении последним выгодного сватовства.

Неосторожная, легкомысленная, совершенно согласная с его натурой растрата денег любимой, как ему по крайней мере казалось, женщины заставила его не видать ее в течение трех дней, и эта разлука еще более распалила его страсть, его желания.

Образ стройной, изящной Крюковской, с бледным, выразительным лицом, обрамленным роскошными пепельными волосами, настойчиво мелькал в его воображении, маня и вместе с тем дразня его своею недостижимостью.

И эта женщина здесь!

Какая—то неизъяснимая радость наряду с безотчетным страхом наполнили его сердце.

— Что с вами, Владимир Николаевич? Здравствуйте, — вывела его из задумчивости вошедшая Крюковская, скромно одетая вся в черное. — Чем больны? Я так беспокоилась за вас. Сегодня нарочно пораньше встала, чтобы до репетиции заехать. Не опасно были больны? Уж я думала, думала... что в голову не приходило.

Благодарю вас, Надежда Александровна, — отвечал он, сконфуженно опустив глаза, — ничего теперь. Немного простудился. Извините, что в халате. Прошу садиться.

— Полноте извиняться, — перебила его Крюковская, усаживаясь вместе с ним на турецкий диван. — Я рада, что вас здоровым вижу, а то Бог знает, что мне не представлялось.

Бежецкий растерянно молчал.

— Я очень к вам привыкла, только теперь поняла. Вас не вижу, точно чего—то недостает, — снова начала она.

— Спасибо вам за доброе слово...

— Тут не за что благодарить... это невольно.

Снова наступило молчание. Владимир Николаевич сидел, опустив голову.

— Что вы? Точно расстроены чем? — торопливо спросила она.

Он не ответил ни слова.

— Что с вами случилось? — с возрастающим беспокойством продолжала она. — Вы не больны, а у вас на душе что—то нехорошо. Я вижу. Отчего? Скажите мне. Не скрывайте. Вы знаете, как я близко принимаю к сердцу все, что до вас касается. Ведь я вам друг.

— Ах, какая пытка! — чуть слышно прошептал он.

— Что? Что вы сказали, я не расслышала? — задала она вопрос.

Бежецкий молчал.

— Вот видите, — покачала она головой, — я угадала, что что—то есть. Что—нибудь серьезное.

— Ах, Господи, — продолжала она в сильном волнении, — я так и ожидала. Догадалась по всему. Ваш растерянный вид, когда последний раз мы виделись, ваше молчание на мои письма. Да не мучьте же меня, скажите откровенно все. Я и так измучилась догадками все эти дни, не видя вас. Что такое, говорите, ради Бога.

— Какая вы добрая, хорошая, я не стою, чтобы вы так беспокоились обо мне, — проговорил Бежецкий, не поднимая глаз.

В голосе его слышались слезы.

— Стоите, или нет, это уже мое дело. А если вы считаете меня хорошей, как сейчас сказали, — доверьте мне ваше горе. У вас есть горе, не отпирайтесь... Я пойму... Все пойму и никому не скажу, не выдам вашу тайну...

— Ах, если бы вы знали, чего вы просите! Есть вещи, которые не только близкому человеку, — матери не скажешь... не посмеешь, — через силу произнес он.

Крюковская задумалась.

— Нет, друзьям надо все говорить. На душе легче будет, — заметила она после некоторого молчания.

— Верно... — начала было она снова, но остановилась, — денежные затруднения, — чуть слышно окончила она свою мысль.

Он упорно молчал.

— Или... — она с ужасом посмотрела на него.

— Да нет, что я! — Простите, что так допрашиваю. Я не имею права требовать доверия, если его нет...

— Не то, Надежда Александровна, не то, — с неизъяснимой мукой в голосе произнес он. — Если бы не доверял вам, не уважал бы вас, как лучшую женщину... нет, скажу правду не... любил бы вас, скорее сказал бы, легче бы было...

— Вы сейчас сказали такое слово, — встала она с дивана, — на которое я должна и хочу ответить откровенно.

Она задумалась.

— Если бы я тоже любила вас, тогда можно было бы все сказать? — задала она вопрос.

Он остался без ответа.

— А это так и есть, — в упор сказала она.

— Нет, этого не надо, — закрыл он лицо руками. — Я не стою вас... Вы не знаете, какой я...

Он не успел договорить. Она перебила его.

— Да разве можно любить и думать: стоит или нет? Это уж будет не любовь. Я люблю не так. Если любишь, так все простишь, все поймешь, без рассуждений, сердцем. Знайте это! Вот я вас люблю, вы мне то же сказали, так значит ничего не надо нам скрывать друг от друга. Если бы вы сделались разбойником, и то бы я вас не разлюбила. Страдала бы за вас, но не перестала бы любить и не бросила.

— Не стою я этого счастия. Проклятая совесть не дает...

Владимир Николаевич не договорил и вдруг неожиданно заплакал.

— Что это вы... о чем? — села с ним рядом Надежда Александровна. — Перестаньте, не мучьте себя, родной мой.

Она гладила его рукой по опущенной долу голове.

— Я как школьник перед вами, — сквозь слезы произнес он. — Мое наказание в моем унижении. Люблю вас и не смею поглядеть вам прямо в глаза. Стыдно, совесть мучает, грызет. Я перед вами гадость сделал. Простите ли вы мне?

Он схватил ее руки и стал покрывать их поцелуями, обливая слезами.

Она не отнимала их.

— Ваши деньги... начал было он.

— Не говорите об этом, — зажала она ему рот рукой, — не хочу я слышать вашего признания, видеть ваше унижение. Об этих деньгах никогда не спрошу. У вас мука в душе, я знаю, вам тяжело самому. Я все поняла. Вашу муку поняла, объяснила себе, оправдала и стало мне невыносимо жаль вас; хорошего, умного человека в вас жаль, нравственно страдающего. Так жаль вашей настоящей муки, что, кажется, за это я вас еще больше теперь люблю. Вы дороже, ближе мне стали. Облегчить вашу муку, утешить, успокоить хотела бы, примирить вас с вашей совестью и оправдать.

— Оправдать, но не простить! — печально произнес он, все продолжая целовать ее руки.

Она наклонилась и поцеловала его в голову. Он припал головою к ее плечу и обнял ее за талию.

— Дорогая моя! Прости, прости, ты добрая, светлая, любимая моя... Моя ведь? — поглядел он ей в глаза.

— Все прощаю, — нежно сказала она, обнимая его за шею, — надо забыть прошлое и в будущем новом, лучшем, надо стараться, чтобы ничего не напоминало. Ты был один, а теперь не один. Не скрывать ничего, а говорить правду. Какая бы она не была... Не стыдиться, знать, что тебя поймут... Теперь должно наступить другое... около тебя есть любящее существо, которое всю жизнь свою готово отдать, чтобы огородить, уберечь тебя от всего дурного... Себя отдать одной цели: чтобы жилось тебе лучше, легче, светлее...

Он порывисто, со страстью поцеловал ее.

— Чудная моя! Надя, любимая моя. Моя? Да? Будь женою моей, с тобой я чувствую, что буду другим человеком. Согласна? Дай мне это счастье! — умоляющим голосом произнес он.

— Да, твоя... но не жена, женою быть не хочу... боюсь, слишком скоро... Лучше после... Подождем. У тебя увлекающийся характер. Ты можешь разлюбить меня. Посмотрим, можешь ли ты быть счастлив со мною. Я тебя связывать браком не хочу. Свяжешься, не развяжешься со мной после венца. Я боюсь себя. Тогда я с собой не слажу. Не хорошо кончу. Ты ведь не знаешь меня. Я ведь горячая, безумная... и так ты должен быть уверен, что я люблю тебя, еще более уверен... повторяю, твоя, твоя...

Она в свою очередь обняла его и крепко поцеловала.

# V

# БЕЗ ПРОТЕКЦИИ

После описанных нами в предыдущих главах нашего рассказа событий незаметно прошел год однообразной в своем разнообразии петербургской жизни.

Владимир Николаевич с помощью Бориса Александровича Шмеля и искусно составленных им отчетов благополучно пережил общее собрание членов общества и вновь почти единогласно был избран председателем. Это уже отошло в область прошедшего и через несколько дней предстояло новое общее собрание, которое, впрочем, далеко не так, как прежнее, беспокоило Бежецкого. Наука Шмеля принесла свои плоды.

Надо еще заметить, что Владимир Николаевич, кроме пользующейся большим влиянием в обществе Надежды Александровны Крюковской, имел в настоящее время солидную поддержку в лице члена общества Исаака Соломоновича Когана, петербургского банкира и богача, и Нины Николаевны Дюшар, дамы аристократки, председательницы одного благотворительного общества, в котором Бежецкий состоял членом. Последняя была положительно околдована Владимиром Николаевичем и ради него записалась членом "общества поощрения искусств" и подбила на то же самое некоторых из своих знакомых.

Это упроченное положение барина отразилось и на расположении духа знакомого нам его "вернаго личарды" — Акима.

В описываемый нами день он благодушно беседовал, сидя за чайком в своей комнате около передней, с своей дражайшей половиной — Марьей Сильверстовной, старой женщиной, внушительного сложения, с ястребиным носом и таким же взглядом изжелта серых глаз и громадными руками, которыми она быстро вязала чулок и, казалось, не обращала ни малейшего внимания на разболтавшегося супруга.

Последний на это тоже, видимо, не обращал особенного внимания и продолжал начатую речь, взглянув на висевшие в комнате стенные часы.

— Еще всего двенадцать часов, а что у нас народищу перебывало. Слава те Господи, хоть Дюшарша за барином чай пить прислала, ну и сбурили всех. Рученьки разломало, отворяя дверь. Хоть часок другой теперь отдохну. Так на звонке и виснешь цельный день.

Он с наслаждением стал отхлебывать чай с блюдечка.

Супруга хранила невозмутимое молчание.

— А все же, неча греха таить, прибыльное место. Ноне, слава Богу, заработал детишкам на молочишко, а ино бывает, что и задаром все утро прошмыгаешь. С актеров взятки то гладки. Николи ничего не дадут, коли сам не попросишь. Ну а ежели, что им к барину понадобится — тогда мне доход.

— На пьянство, — съязвила супруга.

Он не обратил внимание даже на это ее замечание или же, быть может, не слыхал его.

— Это наша Надежда иной раз и сама сунет, — продолжал он. — Добрая, неча говорить... А ей не сдобровать! Шабаш, брат.

Он даже подмигнул углубившейся в вязание супруге.

— Белобрысая Дюшарша отобьет. Придет, так около барина по французскому и юлить. Да и дарит то то, то другое. Глянь—ка, в кабинет подушки какие навышивала. Но уж и барин наш хорош, неча сказать. Ветрогон такой! Страсть! И как его хватает, и чего его мечет, — не разберу. Диво, право, диво. Деньгам один перевод, да и просвистится с бабьем. Горе!.. Но и то правда, место такое на виду, бабье и лезет. — Вот уж я тебя ни с кем не сменяю, ни в жисть. Ино выпьешь, ведь ты меня башмаком лупишь, а я все люблю. Ты бьешь, а я как у принцессы у тебя руки целую. Потому знаю, что любя бьешь.

В передней послышался звонок.

— Иди, седая сорока, отворяй, — оборвала любовные излияния мужа Марья Сильверстовна.

Звонок повторился опять.

— Ну, ну! Опять поехали... — заворчал Аким, направляясь к двери.

Нетерпеливой посетительницей оказалась очень полная, высокого роста пожилая дама с раскрашенным лицом, подведенными бровями, одетая в потертую суконную шубку с плюшевым воротником и в такой же шапке, покрытой шелковым белым платком сомнительной чистоты. В руках она держала большой радикюль.

Несмотря на заявление Акима, что барина нет дома, она силой вошла в переднюю, прошла приемную и достигла кабинета.

— Да говорят вам, дома нет, что вы лезете. Фу, ты. Господи, так и прет... Экая корпусная какая! — увещевал посетительницу Аким, стараясь заградить ей дорогу, но безуспешно.

Она как буря неслась далее.

— Врешь, врешь... вы всегда господам не докладываете, — раздражительно заговорила она на ходу.

Вошедши в кабинет, она оглянулась кругом.

— Должно быть, и в самом деле дома нет! — заметила она упавшим голосом.

— Ведь я же вам сказал, а вы все свое. Говорят, так нет, неймется! Приходите в другой раз, а теперь неча вам здесь делать. Отправляйтесь туда, откуда пришли... — с досадой отвечал Аким.

— Я и то уж на двух днях четыре раза была... Как же мне теперь быть?.. Что значит женщина без протекции... — всхлипывала она.

Аким молча продолжал указывать ей на дверь.

Она, между тем, как ни в чем не бывало внимательно осматривала комнату.

— Вот он где поживает-то, хоть на комнату

председательскую погляжу... А вы у них лакеем, голубчик? — заискивающим голосом обратилась она к Акиму.

— Видите, чего же спрашиваете?

— А как вас зовут, голубчик?

— А вам на что?

— Да все лучше, в другой раз, по крайности, приду и буду знать.

— Акимом, — с досадой отвечал он, — только отвяжитесь. Да уходите теперь-то!

— Я немножко только отдохну, голубчик, — уселась она совершенно неожиданно для Акима в кресло, — позвольте, Акимушка, уж отдохнуть, а то пешком шла — устала. Я женщина одинокая, без протекции, лишнего на извозчика тратить не могу...

Аким посмотрел на нее высокомерно.

— Ну, пожалуй, отдохните, коли уж так устали. Позволяю, — с важностью разрешил он ей, усаживаясь в другое кресло.

Наступило молчание.

— Вы кто будете, — прервал ее Аким.

— Я-то? Я — артистка Анфиса Львовна Дудкина. Была из любительниц. Всех драматических любовниц играю; и Маргариту Готье в "Как живешь, так и прослывешь" играю, и Марьицу в "Каширской старине". Но могу и другие роли. Очень полезна быть могу на всех ролях. Как кого нет, так я всегда и заменю, голубчик, все роли играю.

— И мужчинские тоже? — усмехнулся Аким.

— Ах, нет, — обиделась Дудкина, — при моей-то комплекции. Хотя женщина я бедная, но до этого не доходила. В молодости разве пажей и мальчиков играла. А теперь нет. Вы надо мной не смейтесь. Ведь я еще и теперь молода и желаю почетное место в труппе занять. И заняла бы, да вот лет пять как протекции лишилась, а прежде за мной многие ухаживали.

— А какое жалованье получаете?

— Прежде и триста и двести получала, а теперь на семьдесят пять и пятьдесят в месяц даже пойду, лишь бы приняли, без места давно и за пятьдесят пойду, — заспешила она.

— Я бы и этого не дал, потому вид страшенный, больно толсты, — серьезно заметил Аким.

Дудкина заплакала.

— Почему это вы меня так низко цените? Обиду хотите сказать. Вот везде со мной так. Участь моя горькая такая. В людях сердца нет. Не все же тоненьким девчонкам да красавицам на сцене быть. Да мне со сцены больше двадцати лет никто и не дает, как корсет надену. Я играть гожусь. Еще как играю... Всей залой принимают, как иногда плакать начну... Чувство на сцене главное. Заплачешь — всех тронешь...

— Ну, на это, может, и годитесь, — глубокомысленно решил Аким, — вот и теперь, чего разрюнились?

— Да как же! Как вы обижаете. Чем бы помочь бедной женщине, а вы вот насмешки строите, — сквозь слезы продолжала она.

— Фу! ты... Барыня какая, уже и обиделась, — развел он руками. — Сказать ничего нельзя. Чего ревете то, чем я вам могу помочь. Ничем.

— Нет, можете, — встрепенулась Дудкина, отирая слезы. — Попросите барина хорошенько за меня. Окажите протекцию. Вы всегда при них состоите. Значит, знаете, в какую минуту сказать. А я бы вас, голубчик, за это уж поблагодарила.

— Это можно, отчего не сказать, сказать можно, — заметил Аким, важно разваливаясь в кресле и презрительно осматривая с головы до ног Анфису Львовну.

Та с мольбою смотрела на него.

— Да чего с вас взять? Какую благодарность? Чай, у самих ничего нет, — с расстановкой продолжал он.

— Нет, я могу, — снова заспешила она. — У меня есть. Голубчик, уж скажите только, а я вам за протекцию очень буду благодарна! Поблагодарю, будьте благодетель... Да вот!

25

Дудкина быстро встала, вынула из радикюля старый портмоне, а из него рублевую бумажку и подала ее Акиму.

— Возьмите себе за хлопоты, голубчик! А как устроите меня, то полумесячное жалованье вам отдам, честное слово! Только устройте. Сын у меня есть — плод любви несчастной, а кормить нечем. Подумайте, голубчик, об нас. Ведь без протекции теперь...

Аким взял рублевку и встал перед Анфисой Львовной.

— Постараемся... Отчего для доброго человека не постараться. Ну, что с вами делать! Хоша и трудновато к нему приступиться, да жалеючи вас, улучу его в духе и дам вам знать. Вы где живете—то?

— Голубчик, — начала кланяться перед ним Дудкина, — будь отец родной. Я только второй день как приехала и никого здесь не знаю. Без протекции. Вот тут актриса у меня есть знакомая, ее хочу отыскать, да не знаю, где живет, Надежда Александровна Крюковская, она—то мне поможет...

— Крюковская, — ухмыльнулся Аким. — Я и это могу вам объяснить.

— Неужели ее знаете? Вот отлично, что разговорились, — обрадовалась она.

— Знаем, как не знать... Даже близко знаем—с. Я вам и адрес дам, — важно заметил он.

— Спасибо вам, голубчик! Я к ней сейчас же пешком и пойду, а то вам отдала последние, уж на извозчика—то и нет. Недалеко живет?

— Тут недалече от нас помещается. Барин—то наш туды часто шастает, — таинственно сообщил он ей.

— Ах, ах... Это отлично; я его там и увижу... Спасибо, что рассказали, буду знать...

Звонок, раздавшийся в передней, прервал ее речь.

Аким пошел отворять, а Анфиса Львовна последовала за ним.

Звонивший оказался посланным от Крюковской с письмом к Бежецкому. Аким с этим же посланным отправил к Надежде Александровне Дудкину, рассыпавшуюся перед ним в благодарностях...

— Вот не чаял, не гадал, а на водку попало, — рассуждал он уже сам с собою, кладя принесенное письмо на барский письменный стол. — Те, что заработал, Марье отдал, а эту рублевку, нет, брат, шалишь, не отдам! Мои кровные, на штофик. Сегодня себе можно дозволить, потому что ни свет ни заря встал, все шмыгал. Бенефис себе по—ахтерскому устрою, такой — страсть. Душеньку отведу, выпью, право, выпью.

Аким даже вынул из кармана данную ему Дудкиной рублевую бумажку и любовно начал ее осматривать, вертя в руках.

Эту идиллию прервал раздавшийся снова в передней звонок.

— Ну, кого там еще нелегкая несет, — буркнул он себе под нос, пряча бумажку в карман.

Оказалось, что "нелегкая" принесла Владимира Николаевича и Нину Николаевну Дюшар, приказавшую Акиму вынуть из кареты и внести за ними в кабинет какой—то большой и тяжелый сверток.

# VI

## БЛАГОТВОРИТЕЛЬНИЦА

Нина Николаевна Дюшар, о которой мы уже упомянули только вскользь и которую Аким в разговоре с своей женой назвал "белобрысой", была действительно сильно белокурая, худенькая дамочка, средних лет, скромно, но изящно одетая в шелковое темно—серое платье и такую же шляпку. Довольно высокого роста, стройная, она держала себя чопорно и отличалась какими—то неестественными, натянутыми манерами.

— Положите, пожалуйста, здесь, — указала она Акиму на диван, входя в кабинет вместе с Бежецким.

Аким бережно опустил сверток на диван.

— Спасибо.

Аким отошел от двери и стал у притолоки.

— Теперь можешь идти. Ступай и затвори дверь, — сказал ему Владимир Николаевич, снимая перчатки.

Аким удалился.

Нина Николаевна уселась на одно из кресел.

— Merci, merci, chere Нина Николаевна, — подошел к ней Бежецкий и поцеловал ее руку поверх перчатки.

— Ах, mon cher amie... Это так мало, не стоит... Я очень рада, что эта безделица вам нравится...

Она пересела на диван и, развернув сверток, вынула из него большие столовые бронзовые часы.

— N'est cepas que c'est genlil... — обратилась она к нему.

— Прелестно, — подтвердил он, взяв часы с дивана и ставя их на стол; — но я не понимаю, как это удалось мне на один билет выиграть такую прелесть.

— Не догадываетесь, — засмеялась Нина Николаевна, — как это случилось, а, между тем, это очень просто! Я употребила маленькую невинную хитрость. Мне давно хотелось вам подарить такие часы, я и выбрала их в магазине для первого выигрыша в нашей аллегри, а вчера приказала нашей Marie, помните барышню, что сидела у колеса, отметить сверточек с первым нумером красным карандашом. До вашего приезда аллегри не открывалась, а как вы приехали, я вам вынуть предложила свои услуги.

— Merci, merci, — подсел он к ней на диван и снова стал целовать ее руку.

— Женщина, когда захочет схитрить, всегда схитрит. Особенно для любимого человека. Надеюсь, вы за это на меня не посетуете. Этого никто не знает, никто, никто. Было бы очень досадно, если бы такая прелесть досталась кому—нибудь постороннему, cher Voldemar.

Она потрепала его по щеке. Бежецкий поймал ее руку и начал стягивать с нее перчатку, покрывая поцелуями. Она поцеловала его в лоб и склонилась к нему головой на плечо.

— Ах, — сентиментально начала она, — приличия света налагают на нас такие обязанности и оковы, что поневоле приходится хитрить.

Она томно вздохнула.

— Вот потому и приятнее иметь отношения с порядочной женщиной. Всегда лучше. Не может быть скандала. Соблюдено всегда приличие. Не рискуешь ничем. Сами свое положение и доброе имя берегут. Ну, а на меня в этом отношении всегда можно положиться. Я никогда не скомпрометирую женщину. Умею хранить, cher amie, чужие тайны.

Он неожиданно для нее поцеловал ее.

— Ах! — деланно вскрикнула она и отшатнулась от него.

Он снова привлек ее к себе.

— Я в этом уверена, — отвечала она. — Что ж делать, mon ange. Всякая из нас хочет жить, а свет так глуп, что не хочет этого понять. Никакой ни в чем свободы. Мне еще благотворительное общество дает возможность жить, как хочу. А то и к вам нельзя бы было ездить. Неприлично.

Она потупила глаза.

— Да, — вдруг переменила она тон, — что же мы главное—то было и забыли. Я привезла, что обещала. Вот тысяча рублей, которые вам нужны.

Она вынула из кармана пачку ассигнаций.

— Вчера литературный вечер дал три тысячи пятьсот... Я две показала в отчете в доход общества, а полторы на расход, стоил же вечер только пятьсот, конечно, моими заботами. Все артисты для меня участвовали даром. Ну, мне и можно было взять себе за труды тысячу рублей... Я так много хлопотала!.. Вот эта тысяча рублей, возьмите. Вам нужно было, отдадите, mon cher, когда будут. Да что между нами за счеты? Этого никто не узнает...

— Нет, Нина Николаевна, я этих денег не возьму... — с расстановкой проговорил он, отстраняя рукой деньги и задумываясь.

— Что! Почему?.. Ведь вам нужны были... Не обижайте меня... Не отказывайтесь... — заволновалась Нина Николаевна.

— Неловко мне их взять... — заметил он сквозь зубы.

— Это почему?.. — с недоумением уставилась на него она. — Ах, mon Dien. Напрасно я с вами была откровенна, вы меня этим оскорбляете. Ведь никто не будет знать этого! Неужели, если порядочная женщина вам доверилась, вы позволите себе ее третировать. О, ciel!.. Нет, берите, берите... Ну, если так вам совестно взять, дайте мне расписку. Вы всегда так надоедливы с вашей щепетильностью...

Она нежно улыбнулась и поцеловала его в лоб.

— Противный... но милый... так берите же...

Она хотела сунуть их ему за борт сюртука, но он отстранился.

— В таком случае я так оставлю, — встала она и бросила их на письменный стол. Никто не будет знать! — повторила Нина Николаевна.

Он задумчиво глядел на нее и молчал.

— А теперь мне пора, — вынула она крошечные

золотые часики, — меня ждут. Ах, как досадно, что всегда так мало мне приходится быть с вами вдвоем. До свидания, заезжайте ко мне скорее.

Он молча поцеловал ее руку, проводил до передней и медленной походкой возвратился в кабинет.

# VII

# РАССУДИЛ

Взгляд его упал на оставленные Ниной Николаевной на его письменном столе деньги.

— Черт знает, что за положение, — развел он руками. — Не брать — неловко и взять неловко, а необходимо нужно взять. Иначе, иначе дело дрянь. Или взять... Ужасно неприятно.

Он задумался.

— Эх! Все равно... Надо взять...

Он взял со стола деньги и вдруг весело засмеялся.

Мысль его перенеслась на Дюшар.

— Неугодно ли, какой экземпляр. Потеха, да и только, но как мне везет в нынешнем году. Черт знает, что такое. От женщин отбою нет. А ведь что во мне особенного?

Владимир Николаевич подошел к зеркалу и стал себя осматривать с головы до ног.

— Не знаю, право. Что их прельщает, — продолжал он далее свои соображения. — Ну, умен, талантлив, говорят. Собой я не особенно уж красив. Такой же, как и все, а ведь вот другим такого счастья нет. Как любить! Все для меня отдать готовы: и деньги, и души, — самодовольно продолжал он.

Он снова поглядел на себя в зеркало.

— Вероятно, во мне есть что—нибудь такое притягательное. Гм! Да! Осанка есть... Уверенность в себе и всегда веселый вид.

> Приятные манеры
> И всегда веселый взгляд.
> Шико, шико, шико,
> Это все мне говорят!

— запел Бежецкий и отошел от зеркала. — Однако шутки в

сторону, — остановил он сам себя. — Чтобы я стал делать, если бы не Нинка. Положим, не совсем красиво деньги достала. Я даже не хотел брать — противно было, а потом подумал, во—первых, не я их у общества взял, а она; теперь, значит, они ее, что же брезговать: к ним ничего не пристало, деньги, как деньги, обыкновенные. А потом думаю, что все равно она промотает на украшение шалами своей гостиной, или на сладкие пироги и чаи для гостей, которые у ней по целым дням так с утра до вечера все чай и пьют, кто хочет приходи. Значит, все равно прахом пойдут, а меня они спасают от беды. Человека спасают, а не на прихоть идут. Все—таки для них благороднее.

Бежецкий захохотал и бережно положил деньги в карман.

— Так что в сущности она должна мне быть благодарна, что я взял эти деньги. Я ее поступок облагородил.

Ему пришло в голову, что это очень похоже на философию Шмеля, и он поморщился.

Вспомнив Бориса Александровича, он вспомнил и о делах вверенного ему общества.

— Да... В нынешнем году я стал поопытнее. В прошлом перед общим собранием заблаговременно не запасся деньгами, спустил и свои, и общественные, и не помоги Шмель с отчетами, да Крюковская, тогда же был бы мне крах. Ух, как было жутко. А теперь, через три дня заседание, надо подавать отчеты, а у меня уж сегодня все деньги в сборе. Да—с! Теперь меня Величковскому спутать не придется. Крепко сижу, сам черт не брат. Все общество передо мной на задних лапках ходит. Чествуют меня и уважают.

Владимир Николаевич самодовольно улыбнулся.

Вдруг взгляд его снова упал на письменный стол. Он заметил на нем письмо и взял его.

— Письмо от Крюковской! Эта скотина никогда не доложит. Вот и еще экземпляр! Ну, эта, положим, не чета другим, ее ни с кем сравнить нельзя. Остальные так... веселее живется, а эта...

Он не окончил своей мысли, распечатал письмо и углубился в чтение, усевшись перед столом.

Крюковская уведомляла его, что приедет к нему, и просила быть дома. Бежецкий бросил письмо на Стол и задумался.

Он стал анализировать в уме свои настоящие отношения к этой, любимой им, женщине, так много сделавшей для него.

Он начал с мысли о предстоящем с нею свидании.

— Опять, вероятно, объяснение, — начал снова он думать вслух, — вечно чего-то ей недостает, а мне это скучно! Уф! Тяжело становится. И отчего во мне это? Разве не люблю? Нет, люблю и жаль мне ее, она мне дороже других, а чего-то нет во мне к ней!

Бежецкий опустил голову.

— Наконец, я сам себя перестаю понимать, не могу разобрать моих к ней отношений. Черт меня знает, что я такое? Или я не способен любить, потерял эту способность? Много жил! Да нет. Ведь вот без нее мне скучно. Отчего же при ней так тяжело. Просто душно как-то! Сознаю, что она хороший человек и меня любит и я ее люблю, должно бы быть с ней легко, а между тем, как вместе — вот так и хочется сбежать. Что это за дурацкая у меня натура? И она чувствует это, хотя и не говорит. Да... страшно жаль мне и уважаю я ее...

Он вдруг вздрогнул и поднял голову. Видно было, что новая мысль осенила его.

— Уважаю, — повторил он, — вот, должно быть, отчего и тяжело мне Уважаю ее, а сам не такой. Понимаю, что есть качества, за которые можно уважать человека, а сам таким быть не могу, не умею...

Он с горечью усмехнулся.

— Да, оттого мне с ней и тяжело. Она лучше меня, я это слишком глубоко чувствую. Та первая минута любви и воспоминание о моем унижении перед ней невыносимы для самолюбия. Они меня оскорбляют. Зачем она такая, а я не такой? Я часто должен скрывать перед ней мои побуждения и мысли, а то совестно...

Он снова поник головою.

— Совестно перед ней, вот слово, вот что меня давит, душит в ее присутствии. Ее превосходство... А при этом счастия быть не может. Каждая минута натянута, отравлена. Нам только тогда легко с людьми, когда мы чувствуем, что мы равны... Зачем она такая хорошая, отчего не хуже — тогда счастье бы было для нас возможно. Она бы подходила больше ко мне. Уж очень чиста! Как ангел, а мы люди грешные, больше чертей любим, с чертями веселее, — через силу улыбнулся он.

— Да, хотел бы я это изменить между нами, но, увы, этого, видно, не изменишь...

Владимир Николаевич встал и нервно зашагал по кабинету, затем прошел в спальню, оттуда вышел, переодевшись в халат.

# VIII

## ДЕБЮТАНТКА

Господин Шмель примчал, — заплетающимся языком произнес, входя в кабинет, Аким, видимо, уже истративший данную Дудкиной рублевку.

— Разве так докладывают, азинс ты этакий! — крикнул на него Бежецкий. — Эге, да ты, брат, кажется того... уж налимонился... — продолжал он, глядя на Акима. — Проси...

— Чего того? Ничего я! У вас все того, как про Шмеля что скажешь. Не велик барин, известно подстега, только умел к нам приснаститься... — пустился старик в объяснения.

— Молчи, дурак, не твое дело. Ступай, проси, — оборвал его Владимир Николаевич.

Аким вышел.

— Извините, Владимир Николаевич, что я сегодня второй раз вас беспокою, — затараторил вбежавший Шмель, — но дело важное, не терпящее отлагательства и для вас весьма нужное.

— Здравствуйте прежде всего, а потом рассказывайте, что случилось. Садитесь.

Шмель уселся рядом с Бежецким на турецком диване.

Есть тут у меня один подрядчик знакомый, он купил на вас исполнительный лист и я боюсь, как бы не описал все это...

Борис Александрович указал рукой на обстановку кабинета и продолжал:

— Я считал своей обязанностью вас известить об этом.

— Ах... какая гадость, — заволновался Владимир Николаевич. — Что мне делать? Надо это уладить как—нибудь, а то это мне может повредить сильно на выборах.

— А я вот, — лукаво засмеялся Шмель, — за вас уж и

придумал, как уладить. Вы только теперь думать собираетесь, а я почти что и устроил.

— Как же это? Говорите поскорее.

— У него есть дочь — красивая девчонка, да немножко в цене потеряла: сбежала три года тому назад с офицером. Теперь замуж—то никто и не берет. Отец не знает, куда с ней деваться. У нее страсть к сцене, одолела его с любительскими спектаклями. Денег много сорит, ему и хочется устроить ее к нам в общество, хоть на маленькое жалованье... Примите ее на сцену, а он исполнительный лист разорвет... Могу я ему это обещать?

Борис Александрович торжествующе, но вместе с тем вопросительно посмотрел на Бежецкого.

— Я думаю, не умеет ходить по сцене, — презрительно заметил тот, — ну да все равно, валите. Пускай отец придет и принесет исполнительный лист, я сделаю... Только скажите ему, что, конечно, я с него взятки бы не взял, но если он мне сделает одолжение, то я не захочу понятно остаться у него в долгу. Порядочные люди иначе поступать не могут.

— Хорошо—с, конечно, так и скажу—с, — отвечал Шмель.

— Не прикажите ли еще на счет отчетов, как в прошлом году, исправить, — начал он заискивающим голосом, после некоторого молчания.

— Нет, спасибо, в нынешнем году все деньги в кассе у меня налицо, — с гордостью произнес Владимир Николаевич, — ведь и в прошлом году все это произошло только от моей рассеянности и неаккуратности: я выдавал на расходы и не записывал.

Шмель чуть заметно и лукаво улыбнулся.

— Впрочем, — вдруг как бы что—то сообразив, обратился к нему Бежецкий, — если вы мне их поможете проверить, я буду признателен, кое—что можно будет и исправить.

— Я всегда с готовностью, — поклонился Борис Александрович.

Занятые разговором, они не слыхали раздававшегося в передней звонка, но при последних словах Шмеля в кабинете появился Аким с визитной карточкой на подносе.

— Госпожа Щепетович какая—то! — мрачно доложил он.

— Кто такая? — взял с подноса карточку Владимир Николаевич и стал ее рассматривать. — Скажи, что я не одет, принять не могу.

— Уж скажу. Известно, знаю как, — буркнул Аким, удаляясь.

— Кто это такая? — обратился Бежецкий к Шмелю, все еще продолжая вертеть поданную ему карточку. — Наверно, опять какая—нибудь любительница на сцену к нам просится. Страшно много их развелось. Как домашний скандал случился с барыней, побранилась с мужем — так и актриса готова.

Владимир Николаевич расхохотался.

— А вот, если барышня просится, так, наверно, после несчастной любви. Можно безошибочно сказать, — продолжал он.

В кабинете снова появился Аким.

— Что тебе еще надо?

— Да она говорит, — ухмыльнулся тот, — ничего, что не одет. Все равно я смотреть не стану и так, говорит, ладно. Только извольте их беспременно принять.

— Слышите, Борис Александрович, какая? — обратился Бежецкий к Шмелю. — Надо ее посмотреть.

— Любопытно, — ответил тот.

— Так все равно смотреть не будет? Ладно! Если ей все равно, и мне все равно. Даже еще приятнее! Хорошенькая или старуха? — обратился Владимир Николаевич к Акиму.

— Очень—с франтливая и субтильная барышня... На вид так, с отвагой!.. — продолжал ухмыляясь тот.

— Ну если субтильная, да еще с отвагой, — снова захохотал Бежецкий, — так проси.

Аким вышел.

— Посмотрим, что это за Щепе... Щепе... Щепетович, — произнес он, посмотрев на карточку.

Дожидаться прибывшей пришлось им не долго. В кабинет уже входила развязной, самоуверенной походкой молодая, шикарно одетая барыня, на вид лет двадцати пяти, с вызывающе—пикантным личиком, на вздернутом носике которого крепко сидело золотое пенсне, придавая ему еще более дерзкое, даже нахальное выражение; из—под фетровой белой шляпы с громадным черным пером и широчайшими полями, сидевшей на затылке, выбивалась на лоб масса мелких буклей темно—каштановых волос. В общем, прибывшая, со стройной, умеренно полной фигурой, красиво затянутой в черное бархатное платье, маленькими ручками в черных перчатках и миниатюрными ножками, обутыми в изящные ботинки, обладала всецело той возбуждающей, животной красотой, которая так нравится уже пожившим мужчинам.

— Честь имею представиться, Лариса Алексеевна Щепетович, — прямо подошла она к вставшему при ее входе с дивана Владимиру Николаевичу и подала ему руку.

Тот окинул ее жадно—сладострастным взглядом.

— Извините пожалуйста, что я, не имея чести знать вас, так настаивала, чтобы вы меня приняли, — продолжала гостья, грациозно кланяясь Шмелю.

— Ах, помилуйте, очень рад, — продолжал Владимир Николаевич крепко пожимая ее маленькую ручку, которую она не отнимала, — меня только извините, что принимаю вас в таком костюме.

Он указал глазами на халат.

Борис Александрович, раскланявшись с прибывшей, с лукавою усмешкою поглядывал на видимо растаявшего Бежецкого.

— Садитесь, пожалуйста, — продолжал между тем тот, подвигая кресло к преддиванному столу и усаживаясь на другое, стоявшее vis a—vis.

Лариса Алексеевна грациозно опустилась в кресло, умышленно выставив свою крошечную ножку.

Владимир Николаевич впился в нее глазами.

— Вы курите? — вынул он из кармана портсигар и подал ей, — мне позволите?

— Merci, я курю, пожалуйста, не стесняйтесь... — игриво отвечала она, взяв папироску.

Бежецкий засуетился, зажигая спичку и подавая ей. Лариса Алексеевна поблагодарила, грациозно склонив голову, и закурила.

Владимир Николаевич продолжал смотреть на нее влюбленными глазами.

Она, заметив, что ею любуются, кокетливо опустила глазки.

Молчание длилось несколько минут.

— Так чем же я могу вам, Лариса Алексеевна, служить? Что доставило мне счастие видеть вас у себя? Очень буду рад, если только мне удастся угодить вам, — начал он, растягивая слова и продолжая пожирать ее глазами.

— Ах! Вы все можете сделать, если только захотите. Все от вас зависит, — воскликнула она, вскинув на него глазами.

Он смотрел на нее вопросительно.

— По моим семейным делам, — продолжала она, сделав сконфуженный вид и опуская глазки, — мне необходимо жить здесь, в городе. Так неловко... Я желаю получить у вас в обществе место первой драматической ingenue. Я решила посвятить себя искусству и сцене...

Она замолчала.

Он молчал тоже, продолжая любоваться ею.

— У меня так много было несчастий в жизни, — закатила она глазки и вздохнула. — И если теперь эта последняя попытка поступить на сцену не удастся, то я не знаю, что я должна с собою делать... просто не перенесу этого.

— Ах, помилуйте, — отвечал он, выразительно глядя на нее, — что за мысли! Мне кажется, по первому взгляду на вас, что вам все должно удаваться, чтобы вы не задумали. Я крайне удивился бы, если бы это было иначе...

— Ах, если бы это было так, — вздохнула она снова, —

впрочем, я вас ловлю на слове: теперь моя удача зависит от вас...

— То есть от меня очень немногое зависит теперь, так как у нас труппа уже собрана, все emplois заняты... — заметил он уже более серьезно.

— Как это досадно, — сказала она после некоторого раздумья. — Нельзя ли мне поступить хотя бы на небольшое жалованье, сверх комплекта. Я играю всех драматических ingenues и буду вам полезна.

— Да как же это сделать? Мне бы очень было приятно помочь вам, Лариса Алексеевна, но женщин в труппе так много, что из—за ролей ссорятся. Если даже и поступите — играть не удастся, — совершенно серьезно ответил он.

Она опустила голову.

— Сделать это теперь в середине сезона трудно... — добавил он после некоторого размышления.

— Вот что... — подняла она голову. — Если хотите, я и без жалованья поступлю все равно, только примите.

Она улыбаясь глядела просительно на него и вдруг, встав с места, потянулась через стол за пепельницей. Бежецкий тоже вскочил и схватился за ту же пепельницу, чтобы подать ее ей.

При быстром движении их лица сошлись очень близко.

— Ну, голубчик... Устройте... для меня... Я буду вам очень, очень благодарна, Eh, bien... Устройте... — выразительно прошептала она, еще более приближая свое лицо к его и пожимая его руку.

— Ах, какая вы... — не досказал Владимир Николаевич своей мысли, отскочил от нее, как обожженный, и стал ходить в волнении по комнате.

— Ах, никогда, никогда в жизни мне ничего не удается, — воскликнула Щепетович, сделав сконфуженный вид и закрыв глаза рукою.

Борис Александрович, молча наблюдавший всю вышеприведенную сцену, встал с дивана и стал раскланиваться с Щепетович, грациозно ответившей на его поклон, а затем, лукаво подмигнув на нее Бежецкому, подал ему руку.

— Однако до свиданья, Владимир Николаевич. Я не буду вам мешать заниматься делом, — подчеркнул он и вышел.

Бежецкий и Щепетович остались одни.

— Так как же? — подошла она к нему. — Можно надеяться?

Он не ответил ни слова.

— Вот что! — таинственно продолжала она, кладя ему руку на плечо. — Если нужно, за меня вам будут платить... Только я должна быть актрисой. Пятьсот рублей в месяц я буду давать на расходы общества, только примите...

В это время в дверях появилась фигура глупо улыбающегося Акима.

— Что тебе здесь надо? Ступай вон! — заметил ему Бежецкий.

Лариса Алексеевна быстро сняла руку с его плеча.

Аким исчез.

— Вот что, милейшая Лариса Алексеевна, — обратился он к ней, вы прелестная барыня, только я на это согласиться не могу — это может меня скомпрометировать.

Он взял ее за руку.

Она с недоумением смотрела на него.

— А иначе как—нибудь, — многозначительно продолжал он, — устроить можно. Попробуем... Я бы хотел вам помочь...

Он улыбнулся.

Она поняла его и кивнула головой.

В передней раздался звонок.

— Кто—то приехал. Вот не кстати—то... — с досадой проворчал он.

Она лукаво улыбнулась.

— Так значит, можно? Ах, как я счастлива. Просто готова весь мир обнять в эту минуту, — схватила она его за голову и поцеловала в лоб.

Он, в свою очередь, хотел обнять ее, но она ловко вывернулась.

— А теперь прощайте, я отправлюсь. К вам кто—то приехал, да и я тороплюсь. Приезжайте без церемонии ко мне ужинать, потолкуем. Я адрес оставлю вашему человеку, — на ходу, смеясь, проговорила она и скрылась за дверью.

Бежецкий в волнении схватился за голову и опустился в кресло.

# IX

# ВРАСПЛОХ

Приехавшая так некстати гостья — была Надежда Александровна Крюковская, с которой Лариса Алексеевна и столкнулась в приемной.

— Крюковская. Вот неожиданная встреча, сколько лет, сколько зим не видались, — радостно раскрыла последняя свои объятия.

— Здравствуйте, — видимо, умышленно холодно отвечала на горячее приветствие Надежда Александровна, отшатнувшись от Щепетович.

— Гордячка! — прошипела та, опуская руки.

Обе женщины смерили друг друга вызывающими взглядами.

Во взгляде Крюковской почувствовалась какая—то гадливость, во взгляде Щепетович — горел злобный огонек.

— Вы тоже к нему? — подчеркнула Лариса Алексеевна.

Крюковская вспыхнула и молча прошла мимо Щепетович.

Та проводила ее язвительно—насмешливым взглядом и, высоко подняв голову, медленно прошла в переднюю в сопровождении наблюдавшего эту сцену Акима.

Владимира Николаевича Надежда Александровна застала еще далеко неоправившимся.

— От чертенок—то, — шептал он. — Ну, бабенка, должно быть, бедовая. Огонек! Просто обожгла! Какая грациозная, прелесть! Так и ластится и вьется, как бесенок. Надо будет к ней непременно с визитом заехать.

Он все еще продолжал задыхаться и даже поправил ворот рубашки, как будто он вдруг ему сделался тесен.

— Здравствуй! — подошла и поцеловала его в лоб вошедшая Крюковская.

Он растерянно уставился на нее.

— Ну, целуй же. Фу, как устала. Сейчас с репетиции. Вели дать кофею. Мою записку получил?

Он машинально поцеловал ее.

Она опустилась в кресло, подозрительно посматривая на него.

— Да, получил, — ответил он и позвонил.

Явился Аким.

— Подай кофе.

— Слушаю—с.

Аким удалился.

— Скажи, пожалуйста, — медленно начала Надежда Александровна, — зачем сюда приехала Щепетович? Только этого недоставало. Я и не знала даже, что она в Петербурге, да и ты почему—то не сказал мне этого.

— Да разве ты ее знаешь? — удивился он. — Я не думал. Она ко мне в первый раз приехала. Веселая такая и очень мила. Скажи, пожалуйста, кто она такая?

— Кто она? — нервно захохотала она. — Ну, уж извини, при всей моей откровенности с тобой, я не решусь дать ей при тебе ее настоящее имя.

— Вот как!

— Да, мой милейший, ты поражен, не ожидал... Нет, вообрази, какое нахальство. Встречается со мной — целоваться лезет.

Надежда Александровна с негодованием передала ему сцену в приемной.

— А к тебе она зачем попала? Просилась на сцену, что ли? — закончила она свой рассказ.

— Просилась, — ответил он, — да тебе—то, скажи, что до нее за дело?

— Как, что за дело? — вспыхнула она. — Ты ее не вздумай принять. Без того у нас мало делом занимаются, а при ней уж совсем одни только кутежи пойдут. Если она будет у нас, я сейчас же уйду, да и другие уйдут, служить с ней не станут.

Он внимательно посмотрел на нее и вдруг смутился под ее взглядом.

Это не ускользнуло от нее.

— Та, та, та, посмотри—ка мне прямо в глаза, — подошла она к нему и взяла его за плечи.

Он отвернулся.

— Нет, посмотри.

— Полно, Надя, что еще за глупости...

— А! Так вот что... И в глаза прямо смотреть не хватает совести... Бессовестный, гнусный волокита! Прилично ли председателю, серьезному человеку, заниматься таким пустозвонством. Вечно только одного веселья хочется... Ну, да ты у меня не увернешься, я тебя...

Она не окончила фразы, так как в кабинете появился Аким с кофеем, который он и поставил на стол.

Надежда Александровна отошла от Бежецкого и присела к столу.

Аким не уходил. Он остановился у притолоки, молча улыбался и покачивал головой.

— Эх! — укоризненно произнес он наконец.

— Что тебе надо? Чего ты выпучил бельмы? Пьяница! — обернулся Владимир Николаевич.

— А то и надо! — передразнил его тот.

— Хорошенько его, барышня, — обратился он к Крюковской, — а то у барина глаза—то больно завидущи. Чтобы эта тут вертихвостка, с позволения сказать, не шлялась.

Надежда Александровна улыбнулась.

— Бесстыдники! Право бесстыдники? — добавил Аким уже по адресу Бежецкого. — Ишь какая у нас с вами краля, а вам все мало.

Он мотнул головой в сторону Крюковской.

— Молчи ты, пьяная физиономия! — засмеялся Владимир Николаевич. — Что это ты врешь? Ступай вон, старая бесхвостая сова.

— Я и пойду. Чего вы ругаетесь—то! Опять за сову принялись. Это за то, что я правду сказал. Спасибо, всегда так надо. Ступай, мол, старый пес, вон. Вас же жалеючи говорю. Что? Аль опять захотелось по старому, бабе в лапы

46

попасть. Опять пойдет, как бабье одолеет: Аким, Аким, денег надо, а я вот тогда и не пойду искать и не пойду…

— Да оставь, старый черт! Не ворчи. Убирайся вон.

— Всегда так, как начнешь правду говорить, все вон да вон, — продолжал говорить Аким, уходя из кабинета.

— Видишь, я права, — с жаром начала Надежда Александровна. — Я при Акиме сдержалась, но теперь прямо скажу, что этого выносить не стану и при себе терпеть другую женщину не буду. Я тебе не жена и терпеть не обязана. Если ты осмелишься и я замечу — сейчас же брошу тебя. Что это за бесстыдство! Но помни, я тебе еще и отомщу за себя. Жестоко отомщу!

В тоне ее голоса звучала решимость.

Владимир Николаевич, видимо, струсил.

Он подошел к ней и начал ее успокаивать, стараясь с деланной улыбкой заглянуть ей в лицо.

— Ну, полно верить этому дураку, Надя, — поцеловал он несколько раз ее руку.

Она не отнимала руки, но молчала.

— Пожалуйста, не сердись. У меня к Щепетович еще не может быть никакого чувства. Я ее в первый раз и увидал сегодня.

— Знаем мы "в первый раз", — вскинула она на него глаза. — Уж ты мне тоже, пожалуйста, розовый вуаль на глаза не надевай, я и так умею различать предметы. Знаю твой вкус: пришел, увидел, победил. И чем скорее и новее — тем милее и вкуснее. Настоящий гастроном в этом отношении: непременно переменное кушанье надобно. А Щепетович, я знаю давно, какая она птица. У Наташи Лососининой отбила мужа, он даже ей в то время нужен не был, другой был при ней, так только, чтобы отбить.

— Удивительно у вас, у женщин, в этом отношении феодальные закостенелые понятия, эгоизм какой—то, — отвечал он со смехом и начал ходить по кабинету. — Почему непременно, если любишь женщину, надо отказаться от жизни и не сметь подумать о другой женщине? Отчего не пользоваться и не наслаждаться всем, что встречается на пути хорошего? Приятнее, веселее бы всем жилось. Зачем друг друга стеснять и лишать свободы? И мужчины, и женщины — живые организмы, живущие своей жизнью, а не вещи, которые могут быть чьей—нибудь собственностью. Нам, детям девятнадцатого века, крепостничества не надо и мы его не терпим, во всем должна быть свобода — это знамение времени.

Он остановился перевести дух.

Она задумчиво глядела на него.

— Да и, вообще, мне кажется, — продолжал он, — притворяться и лгать в этом отношении очень гадко; я этого не могу. Чем я виноват, что меня прежде влекло, а теперь влечение прошло? Влечение и хорошо только тогда, когда естественно, да иначе оно и не может существовать, его вызвать насильно нельзя. Ну скажи, по совести, что в таком положении делать? Как тут быть?

Он остановился перед ней и глядел вопросительно.

— В теории, пожалуй, я с тобой согласна, — медленно начала она, — притворяться и лгать гадко, и насильно мил не будешь. Ты спрашиваешь меня, как тут быть? Я тебе ответить на это не сумею, сама в тупик становлюсь. Я чувствовать так не умею и для меня это непонятно.

Она провела рукой по лбу, как бы сдерживая наплыв мыслей.

— Только... если бы это случилось... Тяжело думать, — с расстановкой добавила она после некоторого молчания.

В голосе ее слышались ноты безысходной грусти.

Он тоже казался сосредоточенным.

— Да. Это не разгаданная загадка и не думаю, чтобы кто—нибудь разгадал ее непогрешимо верно, — серьезно сказал он.

Воцарилось молчание.

Она сидела, бессознательно глядя в пространство.

Он продолжал нервно ходить взад и вперед по кабинету.

— А потому и будем жить, пока живется, — начал он

первый, подходя к ней и целуя ее в голову. — Ну, что задумываться! Перестань. Улыбнись.

Она горько улыбнулась.

— Вот так—то лучше, — он снова поцеловал ее.

Она схватила его за руку.

— Ах, Володя, иногда мне кажется, что я счастлива, близка к твоей душе, а порой я с ужасом убеждаюсь, что между нами есть что—то недоговоренное, что мы далеки и не понимаем друг друга.

— Надя, Надюша моя, я бы рад душой сам, если бы мог перемениться, но сорокалетнее дерево, если оно росло криво, перегнуть и выпрямить невозможно, а потому и мне изменяться трудно. Люби меня такого, какой я есть, а сделать меня нравственным вряд ли тебе удастся. Слишком поздно мы встретились с тобой, и ты напрасно взялась за это.

Он снова уселся в кресло.

— А как бы мы могли быть счастливы, — мечтательно, почти шепотом начала она, — каждая мысль пополам, — полным человеческим, сознательным счастьем.

Она смолкла на мгновение.

— А такого счастия, что у нас счастьем называется, я никогда не хотела и теперь не хочу, — вдруг возвысила она голос. — Живут люди в одном доме, носят одно и тоже имя, едят из одной миски... и довольствуются... А что они нравственно далеки друг от друга, что ничего общего в мыслях нет, об этом и не заботятся... На мой взгляд, это не счастье. Вот почему я не хотела быть твоей женой. Боялась этого общего места, этой рутины. Хотелось другого счастья, основанного на взаимном доверии, чтобы на самом деле было "одно тело и одна душа", а не врозь душой, и это могло бы быть так.

Она порывисто встала, подошла к нему, обвила руками его голову и, целуя ее, прижимала к своей груди.

Он молча позволил ласкать себя.

— Не разменивайся ты только на мелочи. Я знаю, какая это умная и золотая головка, только вот сверху много мусору накопилось. Я бы хотела смахнуть этот мусор, чтобы золото было виднее.

— А если во мне нет этого золота, о котором ты мечтаешь, — поднял он на нее грустный взгляд. — Нет его и нет. Я сам чувствую, что нет. И зачем, право, ты меня всегда растревожишь, душу мне только взволнуешь, а толку из этого никакого ни для меня, ни для тебя. Все опять по—старому пойдет. Во мне для этого переворота чего—то нет, недостает.

Она продолжала нежно смотреть на него.

Он раздражительно освободил голову из ее рук.

— Ты вечно только расстроишь меня, заставишь размышлять... Отойди, Надя, сядь. Кто—нибудь может войти, неловко...

— Почему это неловко, — уставилась она на него, не двигаясь с места. — Ведь все равно, все знают наши отношения. Я не знаю, право, ты точно стыдишься их. Я иначе чувствую и понимаю. Готова не только здесь, в твоей квартире, сказать, что я люблю тебя, но на площади, перед всем народом, объявить, что я твоя. Нисколько не стыжусь, так сильно, искренно это чувство во мне. Я даже не понимаю, чего я тут должна стыдиться? Что мы не венчаны еще, так ведь это только форма. Мне кажется, что я скорее бы постыдилась сказать, если бы была твоей женой и не любила: тогда бы солгала и стыд действительно бы покрыл лицо краской. Отчего в нас такая разница понятий? Ты меня меньше любишь, вот что...

Он быстро встал с кресла.

— Ну, поехала... — сделал он нетерпеливый жест рукой. — Слава Богу, открыла: "меньше любишь". Вечный анализ! Это скучно, Надя!

В передней послышался звонок.

— Вот всегда так кончается, — с досадой сказала Надежда Александровна, опускаясь в кресло, — и непременно кто—нибудь да помешает. Нельзя даже выяснить наших отношений. Хоть бы поехать куда—нибудь вместе.

В дверях кабинета появился Аким.

— Господин Коган пожаловали, — ухмыльнулся он, — принимать прикажете, али нет?

— Конечно, принять, — заторопился Бежецкий и быстро ушел в спальню, откуда через несколько минут вышел в сюртуке. Аким продолжал стоять у притолоки двери.

— Что ж ты здесь торчишь? Проси! — крикнул на него Владимир Николаевич.

— Что твердить—то уж, слышали. Пущу! — ворча по обыкновению себе под нос, удалился старик.

# X

# БАНКИР

Исаак Соломонович Коган был тот самый петербургский банкир и богач, который пользовался большим влиянием в "обществе поощрения искусств" и служил вместе с Дюшар для Владимира Николаевича сильной поддержкой в этом обществе.

Он был совершеннейший тип разбогатевшего жида, променявшего свой прародительский засаленный лапсердак на изящный костюм от модного портного и увешавшего себя золотом и бриллиантами, но и в этом модном костюме и богатых украшениях он все же остался тем же сальным жидом, с нахально—самодовольной улыбкой на лоснящемся лице, обрамленном клинообразный классической "израильской" бородкой, в черных волосах которой, как и в тщательно зачесанных за уши жидких пейсах, проглядывала седина.

На вид ему было лет под пятьдесят.

По фигуре он был не высок ростом и как—то смешно шарообразен, так как при семенящей походке его солидных размеров брюшко мерно покачивалось на коротеньких ножках, и он для того, чтобы придать себе гордый вид, еще более выпячивал его вперед.

Он вошел в кабинет почти одновременно с вышедшим из спальни Бежецким.

— Очень рад вас видеть, уважаемый Исаак Соломонович! — приветствовал его последний.

Коган, не обращая, по—видимому, на его никакого внимания, мелкими шашками, с плотоядной улыбкой на губах подошел к Надежде Александровне и смачно чмокнул поданную ею руку.

Она брезгливо дотронулась губами до его лба.

Затем он с важностью подал свою руку, украшенную

бриллиантовыми перстнями, Бежецкому и, не дожидаясь приглашения, развалился на диване.

Бежецкий тоже уселся на кресло.

— Как сегодня холодно, — начал Коган с важно серьезным видом, — я в моих соболях и то продрог. Тедески, — я всегда у него платье шью, — должно быть мало пуху положил, а две тысячи взял.

Он сделал вдруг еще более глубокомысленную физиономию.

— Может быть, впрочем, и погода виновата, что я озяб, — стал соображать он вслух. — У меня в доме и то только тринадцать градусов, несмотря на то, что сам Чадилкин строил, все по системе...

Он захихикал.

— Я сам не понимаю толку в постройках, да на что мне это и знать? — всегда могу купить Чадилкинское знание. Он за стиль и вкус с меня большие деньги получил, а нам на что вкус, когда мы его купить можем. С меня за вкус и план моего дома Чадилкин двадцать тысяч взял. Мой дом ведь триста тысяч стоит, да вкус двадцать, — итого триста двадцать тысяч, кроме купленной мебели... Да что нынче купить нельзя — все можно. Вот разве расположение мадемуазель Крюковской купить нельзя.

Он вопросительно посмотрел на Надежду Александровну и громко расхохотался.

Та смерила его быстрым взглядом.

— Да!.. Мое расположение трудно купить, дорого стоит, даже вам не по карману, да и не для вас, — кинула она ему.

— Насчет кармана вы не беспокойтесь, — самодовольно возразил он со смехом, — и по карману, и по мне, а уж вы такая капризная барыня: все выбираете. Меня же многие находят еще интересным мужчиной. Ведь главный интерес не в красоте, а в уме, а у меня ум.

Он сделал неопределенный жест рукой около лба.

— С министрами поспорим... — с важностью добавил он и поднял вверх указательный палец правой руки.

— Да уж вы этим известны, — насмешливо вставил Владимир Николаевич, — кого хотите провести сумеете!

Крюковская тоже засмеялась.

— О!.. Всегда проведу! — захохотал и он, не поняв насмешки. — Затем и дураки на свете, чтобы их умные могли дурачить, а в особенности это легко с деньгами.

— Вы и умника всякого сумеете одурачить, — продолжал смеяться Бежецкий. — Что вам стоит это с вашими средствами?

— На счет этого мне удавалось и не раз. Да и что мне это стоит? Ну, брошу тысячу, другую, пожалуй, — и дело сделано. Люди падки на деньги! — с важностью заметил Исаак Соломонович и снова засмеялся довольным смехом.

— У меня сегодня до вас, любезнейший Владимир Николаевич, — обратился он к Бежецкому после некоторого молчания, — дельце есть. Я надеюсь, что вы мне это устроите. Там у нас старые счета есть, так я, пожалуй, разорву векселя, — презрительно добавил он. — Это для меня пустяки, но...

Он искоса поглядел на Крюковскую.

— Я бы желал с вами побеседовать наедине — предмет деликатный...

— Если угодно, пройдемте в гостиную. Надежда Александровна нас извинит, — заметил Владимир Николаевич, вставая с кресла.

— Пожалуйста, не стесняйтесь! — сказал Крюковская.

— Все насчет искусства, вы знаете, что поддерживаю искусство. Оно мне дорого стоит. Искусство — вещь великая... — ораторствовал Исаак Соломонович, выходя с Бежецким из кабинета.

Надежда Александровна была рада, что ее оставили одну, и снова погрузилась в размышления по поводу ее предыдущего разговора с Бежецким.

— Ах, Господи, все это мне кажется не то, — думала она, сидя с закрытыми глазами. — Так близко и вместе с тем так далеко. Не понимает он меня, и мне тяжело, а только стоит ему посмотреть на меня ласково — уж я воскресла и ожила. Опять надежда! Ведь добрый такой, умный... Неужели он не будет никогда таким, каким бы я хотела его видеть?

Она глубоко вздохнула и встала.

— Впрочем, вздор! — продолжала она размышлять, нервно расхаживая по кабинету. — Переверну все, это пустяки, можно переделать... Попробую перевернуть. Это должно быть моей целью. Он слишком легко ко всему относится. Серьезного человека в нем разбудить, осветить эту тьму, в которой он жил до сих пор... Тогда, когда мы сошлись, я дала себе эту клятву и сдержу ее. Все вынесу, все ему в жертву принесу, а теперь одно сознаю: люблю его и люблю. Все, что вижу, прощаю. Даже искусство, мое дорогое искусство забываю — для него. Да! Сил во мне много, сумею любя его, свою всю жизнь забыть. Он ветрен и... увлекается. Так что за беда? Пускай только будет чувствовать, что свободен и счастлив со мной...

Ее думы прервал вошедший Аким, с большим белым картоном в руках.

Он был еще в более сильном подпитии.

— Где у нас барин—то? Куды пропал? — остановился он, покачиваясь, посреди кабинета.

— Он в гостиной, занят! — ответила ему Крюковская.

Аким, с трудом передвигая ноги, направился к двери, ведущей в гостиную.

— Не ходи туда, Аким, барин занят, не беспокой! — заметила она ему.

— Как не беспокой? — остановился он. — Вот принесли, что заказано... Там дожидают. Что вы меня к моему барину не пущаете? Это что такие за новости?!

— Говорят тебе, не хода, — загородила она ему дорогу, — барин занят. Если и пришли, так могут подождать. Да что это такое принесли?

Она протянула руку к картону.

— А то и принесли, — лукаво подмигнул Аким, пряча картон за спину, — что не нужно вам знать, вас некасающее... Секрет... Вот... видно, бабы—то везде равны,

55

что в вашем, что в нашем звании. Что принесли? А то, что не вашего знания дело... Любопытны больно! Вы думаете, у нас с барином секретов от вас нет, ан, вон есть. А вы не пущать...

Он снова направился к двери.

Надежда Александровна снова загородила ему дорогу.

— Говорят тебе, не ходи теперь... Подай сюда картон!

Она ухватилась за картон, который Аким вырвал у нее из рук, но, потеряв равновесие, упал и уронил картон.

Крюковская быстро подняла его.

— Что это? Из модного магазина?

Аким, с трудом поднявшись, снова бросился к картону.

— Говорят, что не для вас... Вам знать не надо.

Надежда Александровна отстранила его рукой, подошла к дивану, поставила на него картон и стала его развязывать.

— Мне знать не нужно, поэтому я и должна знать...

Она раскрыла картон и остолбенела.

— Ведь я же говорил, что вам знать не годится... Спокойнее бы были... Право спокойнее, — заметил Аким, снова бережно завязывая картон.

Крюковская смотрела на него ничего не выражающим взглядом.

— А вы любопытничать. Ну, вот и уставились, чего смотрите? Теперь плакать начнете. Велика беда, что пошалить барин, пошалит и все тут. Мужчине можно пошалить, не барышня, — пустился он в рассуждения.

Она молчала.

— Таперича тот ругать начнет, — начал он, уже обращаясь к самому себе, — зачем увидала. Ах, ты Господи! Что станешь тут делать? — Не сказывайте нашему-то, что видели, — обратился он снова к ней, — а то задаст мне за вас... Экая оказия случилась!

— Для кого это? Для кого, — задыхаясь от волнения, спросила она.

— Вот сказывай таперича, для кого. Да уж все одно

знаете, так нечего таить. Тут цыганка эта изменница, — таинственно сообщил он, — ну, барин и заказал...

— Уйди, Аким, уйди! — прерывающимся голосом крикнула она.

Он смотрел на нее, не двигаясь с места.

Она подскочила к нему, повернула и стала толкать его в спину.

— Поди, поди! Уходи, тебе говорят...

— Что вы толкаетесь. Уйду и сам, к барину пойду, — заворчал он, направляясь с картоном в гостиную, но вдруг остановился у дверей.

— Так барину—то ни гугу, а то опять достанется мне на орехи, — таинственно обратился он к ней и вышел.

Она не слыхала его последних слов: на нее снова нашел столбняк.

Она стояла посредине кабинета и ломала себе руки.

Мрачные мысли одна за другой проносились в ее голове.

— Вот что... Цыганка... Ей шуба! У меня взять деньги третьего дня, — сказал, необходимо матери послать... Обман... Ложь, все ложь... Я последние отдала... Он знал. Зачем?.. Зачем такая гадость... Зачем я люблю... и такую гадость... Измена... оскорбление... Любил... Ну, разлюбил... А этот обман—оскорбление! Ужасное надругательство над чувством... Цинизм! Какое унижение человека!

Она зарыдала.

— Зачем полюбила? Зачем? Всепрощающей любовью полюбила, а теперь простить разве можно? Нельзя простить такого подлого существования... Разлюбить? Нет, и разлюбить не могу, простить не могу... Люблю его... люблю и ненавижу.

Она с новыми рыданиями упала на диван.

— Порок его ненавижу, а человека в нем люблю. Что же, не жена, законом не связана, а все—таки беспомощна, разлюбить не смогу... Какая дурная, должно быть, я стала? Ложь... Обман... Разлюбить не в силах... чувствую это...

Она вдруг быстро вскочила с дивана и тряхнула головой.

— Вздор! Смогу... силы найдутся. Разлюблю... Брошу... ненавидеть должна... ненавидеть... хочу ненавидеть и буду.

Она отерла платком глаза и сделала над собой неимоверное усилие, чтобы казаться спокойной.

— Что теперь делать, что делать? — прошептала она. — Не хочу показать мою рану сердечную! Не стоит. Упрекать не буду. Да, не надо показывать вида, что я знаю... Не должна унижаться больше. Довольно!

Она задумалась.

— Вот что, равнодушной быть, а в душе ненавидеть. Силы... силы, главное, больше... Где силы найти? Не надо терять волю... я... я человек! Буду это помнить!.. Забыть себя!.. Забыть и его!.. Нет, забыть не смогу! А легче ненавидеть, — с ожесточением прошептала она.

— Едем, едем, Исаак Соломонович, Аким! Шляпу, перчатки! — воскликнул Бежецкий, входя в кабинет под руку с Коганом.

— Извините, Надежда Александровна, нам нужно ехать, — обратился он к Крюковской.

— Ехать, ехать, господа! — насильственно веселым тоном проговорила она, — и я бы тоже хотела ехать, ехать веселиться... веселиться без конца.

Коган и Бежецкий вопросительно посмотрели на нее.

— Исаак Соломонович, хотите я с вами поеду... Мне душно, воздуху хочется, больше, больше... Прокатите меня на ваших рысаках, чтобы шибко ехать, быстро, лететь, так чтобы дух захватывало, хотите, поедем.

— Что у вас, Надежда Александровна, за фантазии иногда бывают, — пожал плечами Владимир Николаевич. — Исааку Соломоновичу нужно самому ехать по делу, а вы предлагаете вас катать и забавлять...

— Положим, я для милейшей Надежды Александровны, — поспешил прервать его Коган, — готов отложить наш визит до завтра. Я желал представить

Владимира Николаевича прелестнейшей из женщин — Ларисе Алексеевне Щепетович.

Надежда Александровна вздрогнула.

— Будущей деятельнице нашего искусства. Мы все ведь для искусства служим! — продолжал Исаак Соломонович.

Она с нервным хохотом подошла к Бежецкому.

— Так вы к мадемуазель Щепетович? Торопитесь, торопитесь...

— Да, вот нечего делать, — отвечал он, избегая ее взгляда. — Исаак Соломонович тащит... Я обещал, надо исполнить...

— Что вы, Владимир Николаевич, я вас насильно не тащу, — развел тот руками, — а если угодно Надежде Александровне и она мне доставит это удовольствие, — я готов ее сопровождать... Наш визит мы можем отложить до завтра.

Бежецкий смущенно смотрел на него.

— У меня действительно, Надежда Александровна, лучшие лошади в городе, пять тысяч стоят, — обратился Коган к Крюковской, — а английская упряжь стоит...

— Что бы она ни стоила, милейший Исаак Соломонович, — перебила она его, — это все равно.

Она снова захохотала.

— Весь вопрос в том, — продолжала она прерывающимся голосом, — что я сегодня хочу страшно веселиться. Если бы был бал, я бы поехала танцевать, в вихре вальса закружилась бы с наслаждением, до беспамятства... Нет бала, есть сани, значит — едем, едем. Поедем дальше, туда... вдаль... за город... где свободнее дышится!.. Простора больше, где русской широкой натуре вольнее. Там, где синеватая даль в тумане, как наша жизнь!.. Вот чего я хочу: полной грудью вздохнуть, изведать эту даль.

Она смолкла.

Бежецкий и Коган с удивлением смотрели на нее.

— Что вы на меня так странно смотрите? — с нервным смехом обратилась она к Владимиру Николаевичу.

— Мне странно ваше поведение, да и не похоже на вас, порядочную женщину, — сквозь зубы ответил он.

— Вам странно, что я веселюсь, может быть, делаю глупости, так не все же вам, мужчинам, этими глупостями и удальством отличаться, — с хохотом продолжала она. Ведь и мы люди, мы женщины, тоже хотим жить на свободе, ничем не стесняться, как вы веселиться, хотим хоть в этом с вами равными быть... Не рабами предрассудков, приличий и нравственности. Забыть все, хоть один час пожить свободно, без этих преследующих привидений нашей жизни. А весело это должно быть! Ух, как весело!

Она стала надевать шляпу, все продолжая хохотать.

— Так прощайте, Владимир Николаевич, прощайте, я еду веселиться.

Она схватила остолбеневшего от удивления Когана под Руку.

— Мчимся, Исаак Соломонович, мчимся и все сокрушим на нашем пути.

Она со смехом увлекла его с собою.

Бежецкий остался один и слышал, как захлопнулась за ними парадная дверь.

— Что это с ней сегодня? Не узнала ли чего? — начал он думать вслух. — Эх, Надя, Надя, жаль мне тебя.

Он прошелся по кабинету.

— А все—таки все это вздор! Нервы дамские! Притворство, или не на зло ли мне? Под вашу дудку, Надежда Александровна, я плясать не буду и, все—таки, хоть один, а отправлюсь к Щепетович.

Он начал одеваться и вскоре уехал.

# XI

# В "МАЛОМ ЯРОСЛАВЦЕ"

Все столики общей залы ресторана "Малый Ярославец", находящегося на Большой Морской, были заняты посетителями.

У того водопоя, на который, по выражению поэта, гоняют "без кнутика, без прутика", то есть буфета — теснились во множестве жаждущие пропустить "букашечку", опрокинуть "лампадочку", раздавить "черепушечку" — как многообразно и любовно выражает истинно русский человек свое желание выпить рюмку водки.

Обеденные часы ресторана были в самом разгаре.

Надо заметить, что этот ресторан в Петербурге — любимейший сборный пункт деятелей театральных подмостков и газетных листов, а потом члены "общества поощрения искусств" и служившие в нем актеры неукоснительно его посещали.

Все "завсегдатаи" этого ресторана знакомы между собой и перебрасываются через столики замечаниями, вопросами и ответами, иные даже переходят от столика к столику, присаживаясь то к той, то к другой компании.

Какая—нибудь новость дня, пикантный анекдот, удачная острота, сказанная за одним из столиков, благодаря этим перекочевывающим посетителям в ту же минуту делаются достоянием всей залы.

В описываемый нами день разговор за столиками и у буфета вертелся на делах "общества поощрения искусств" и предстоящем на завтра общем собрании его членов.

Особенным оживлением отличалась компания, сидевшая за столиком в глубине залы. Она состояла из четырех мужчин. Двое из них, как можно было догадаться и по их внешности, были актеры, служившие на сцене общества. Старшего, говорившего зычным голосом, звали Михаилом Васильевичем Бабочкиным, у младшего же, Сергея Сергеевича, как у большинства молодых актеров с претензиями на талант, зачастую признаваемый лишь своей собственной единоличной персоной, была двойная фамилия Петров—Курский. Другие двое, из сидевших за столиками, были члены "общества поощрения искусств" — Иван Владимирович Величковский, драматический писатель, считающийся в обществе знатоком сцены и театрального искусства, человек уже пожилой, худой, с длинной русой бородой с проседью, по фигуре похожий на вешалку, всегда задумчивый и вялый. Это был тот самый Величковский, соперничества которого на должность председателя боялся, если припомнит читатель, — Бежецкий; Михаил Николаевич Городов — частный поверенный, литератор—дилетант, пописывал рецензии и корреспонденции и давно мечтал попасть, если не в председатели, то по крайней мере, в секретари Общества, заступив место знакомого нам Бориса Александровича Шмеля. Городов был тоже далеко не молодым человеком, полный коренастый брюнет с коротко подстриженными волосами на голове и бороде. Поговорить, по адвокатской привычке, он любил и, видимо, по той же привычке, любил устроить против кого—нибудь интрижку, перемутить, перессорить, словом, заварить какую ни на есть кашу. За столиком и теперь то и дело слышался его хриплый голос.

— Нет, господа, — говорил он, — у нас за нынешний год дела шли очень скверно. Что мы сделали? Что у нас нового? Все старье. Как хотите, а так продолжать нельзя, и завтра, на годичном собрании надо это круто повернуть.

— Зачем? — пробасил Бабочкин. — Ведь прожили благополучно. И до нас жили, и после нас так будут жить! Не нам это перевернуть. А перевертывать станем, себе бы шею не свернуть. Вот что!

— Нет, господа, как угодно, — не унимался Городов, —

а так нельзя. Надо что—нибудь предпринять. Не так ли Курский?

— Конечно, так, — ответил молодой актер. — Дальше на самом деле тянуть так нельзя. Я думаю, это все понимают. Где у нас искусство? Разве при таких порядках актер может посвятить себя искусству? Я прошу, например, на днях поставить одну пьесу, значит, желаю работать, а мне отказывают. Просто стоит только и взять да удрать в другой город, я и удеру. Какое же здесь может быть дело и работа для искусства.

— Зато порядок есть, — снова забасил Бабочкин. — Чего вы волнуетесь, не понимаю, право, Теперь, по крайней мере, придешь, сделаешь свое дело и пойдешь покойно домой, не дрожишь за место. Неизвестно, при других порядок лучше ли будет. Нового председателя выберем, может, сами с места слетим. Лучше уж не менять.

— Вам бояться нечего, — заметил Михаил Николаевич. — Вы никого не трогаете, и вас никто не тронет, а вот таким господам, как Шмель, солоно придется.

Он захохотал.

— Воровать—то, пожалуй, не совсем удобно будет, — продолжал он со смехом, — я бы мог эту должность даром исполнять. За что же Шмелю жалованье положили?

— А так, потому что это угодно господину Бежецкому, Шмель по его милости только и держится, — ядовито ответил Сергей Сергеевич. — Всю бы надо эту закваску старую, начиная с Бежецкого, к черту.

— Уж я кое—кому об этом шепнул, — таинственно прохрипел Городов, — на выборах чернячков Владимиру Николаевичу навалят. Действительно, надо все это старое вон, в архив сдать вместе с переводными французскими пьесами, — со смехом добавил он.

— Конечно, надо ставить народные пьесы! — ухватился за Эту мысль Петров—Курский.

— Ну, это ты, брат, поешь потому, — покосился на него Бабочкин, что в иностранных держать себя не умеешь, на шпагу—то, как на хвост садишься, а нам вот все равно — привыкли прежде в трагедиях—то...

— Ну, вы, оралы старые! Нынче, брат, вы не в моде! Учитесь у нас, артистов реальной школы, а нам учиться у вас нечему... — напустился на него Сергей Сергеевич.

— Да разве у вас есть школа? — засмеялся тот. — Я этого не знал, думал, что вы играете, как Бог на душу положит и без школы обходитесь. Чему, мол, актеру учиться? Родился талантом, да и баста! Ведь нынче всякий может быть актером и без ученья. Я думаю, что на сцену скоро и малые ребята из пеленок полезут.

— Ну, насчет школы—то, это ты на нас по злости клепаешь, у нас есть реальная школа и свои пьесы.

— Где играть учиться не надо — и так хорошо выйдет!.. — продолжил смеяться Михаил Васильевич своим густым басом.

— Не правда! Все лжешь! — продолжал горячиться Петров—Курский. — Вот тебе первый, — указал он на Величковского, — представитель реального направления в искусстве, известный драматург, литератор с честным направлением...

— Что я! — сконфузился Иван Владимирович. — Несколько только пьес написал, старый человек. Вот Marie будет отличная реальная актриса. Не правда ли?

Marie — была его племянница, игравшая небольшие рольки на сцене общества. В ней Величковский не чаял души, приписывая ей всевозможные таланты и достоинства. На самом же деле она был заурядная, миловидная, молоденькая девушка, но как актриса — круглая бездарность.

— Да—с, будет! — согласился с ним, Сергей Сергеевич. — Но кончим, господа, спорить об искусстве. Надо сегодня же вопрос о председателе — этой главной руководящей силе — серьезно обсудить и, по моему мнению, я случайно в разговоре указав на уважаемого Ивана Владимировича, сделал это как нельзя более кстати.

Он восторженным жестом указал на Величковского.

— Вот бы кто мог быть идеальным председателем, если бы только согласился удостоить нас этой чести.

— Нет, господа, — поклонился то, сидя, — избавьте. Теперь Marie служить, а тогда ей неловко будет. Скажут, что я ей даю лучшие роли, хотя они их вполне заслуживает.

— Это совершенные пустяки, — живо перебил его Сергей Сергеевич. — Да вы и не имеете права отказываться, потому что являетесь спасителем целого дела и нас всех от произвола господина Бежецкого.

Он вскочил с места и добавил:

— Ох, да что тут толковать, надо просто вас взять и посадить на председательское место, а потому я пойду и подобью всех наших, находящихся здесь, просить вас.

Он быстро отошел от стола и, несмотря на протесты Величковского, стал переходить от столика к столику, ораторствуя то тут, то там с убедительными жестами.

Иван Владимирович с испугом следил за ним и не переставал говорить:

— Что же это такое? Я, право, не знаю... Зачем все это?

— Уважаемый Иван Владимирович, это нужно для дела и вы должны принести себя в жертву, — успокаивал его Городов. — Я, по крайней мере, если мне предложат, готов хоть сейчас принести себя в жертву делу, — со вздохом добавил он.

В этот момент в залу не вошел, а буквально влетел репортер и рецензент одной из самых распространенных в Петербурге газет мелкой прессы, Марк Иванович Вывих. Это был высокий, стройный молодой человек, блондин, со слегка одутловатым лицом, в синих очках.

Он был также член "общества поощрения искусств".

Поздоровавшись направо и налево, Марк Иванович подошел к столику, где сидели Величковский, Бабочкин и Городов.

— Я вам могу сообщить приятную новость, — затараторил он, здороваясь с сидевшими и усаживаясь на подставленный лакеем стул, — завтра к нам на общее собрание приедет сам Исаак Соломонович и желает, в качестве почетного члена, принять деятельное участие в делах общества, с чем я искренне всех нас поздравляю. Это ведь не шуточка... Значит, у нас, то есть у общества, будут деньги. Сейчас только узнал эту свежую новость и надо будет сию же минуту отослать сообщение в газету.

Он вынул из кармана записную книжку, вырвал из нее листок и стал писать карандашом, положив бумажку на колено и прислонив последнее к столу, но в то же время не переставая говорить.

— Да, еще узнал новость. Это уж по секрету. Как нам в общество поступила в качестве актрисы, а следовательно и члена, госпожа Щепетович. Как кажется, мы ей—то главным образом и обязаны благосклонностью Исаака Соломоновича. Я с ней вчера познакомился. Прелесть, что за барыня, оживит все общество.

— Я эту Щепетович знаю, — пробасил Бабочкин, — только не знаю, зачем она к нам в общество понадобилась? А, впрочем, почем знать, может быть, теперь это и нужно для искусства...

Вывих кончил писать, сложил бумажку и подозвал лакея.

— Пошли сейчас же с моим извозчиком, — передал он ему бумажку, — вели ему отвезти в редакцию. Знаешь моего извозчика? Найдешь?

— Найду—с. Как же не знать—с.

— Так проворнее поворачивайся...

Лакей побежал.

— Ах, постой! — спохватился Марк Иванович, но лакей уже был далеко. — Убежал. Вот досада, забыл совсем в сообщение поместить еще одну очень важную новость. Поступила к нам актриса Дудкина, — строчек десять проухал...

Вывих быстро отошел от них, сделав отчаянный жест рукой, и стал переходить от стола к столу, всюду сообщая эти свежие новости.

Городов, между тем, продолжал уговаривать Величковского.

— Вы послушайте меня внимательно. Иван Владимирович, я удивляюсь, почему вы не хотите и уклоняетесь от поступления в председатели. Я бы на вашем месте, если бы у меня было столько голосов, как у вас, и я мог бы, как вы, наверное рассчитывать быть избранным, — ни за что бы не отказался. Из меня тоже мог бы выйти хороший председатель. Юридическую сторону дела я знаю, а также и канцелярский порядок, потому уже несколько лет как частный поверенный, и административную великолепно тоже знаю — был прежде становым приставом. Ух, как бы я актеров держал. У меня ни гугу. А мое литературное значение всем известно. Корреспондирую в пяти газетах, значит, умею ценить искусство, кроме того, недавно пьесу написал, значит, вполне литератор, — с пафосом закончил он.

— Да, вы человек основательный, — покосился на него Бабочкин. — Ни один редактор на вас не пожалуется, чтобы ему из—за вас какая неприятность была. Все дрожат, потому что не подведете — очень осторожны. Такому человеку можно дело поручить... Правильное направление твердо знаете, вот что дорого...

Перед столом опять как из—под земли вырос Вывих.

— Слышали, слышали, еще свежая новость, — с хохотом начал он. — Наши Фауст и Маргарита поссорились не на шутку. У них, говорят, что—то вышло из—за Когана. Оттого и Крюковская больна и за последнее время не являлась в "общество" и не играла. А я—то сожалел об ее болезни, хотел ехать навестить, а оказывается, просто у нее любовная мигрень.

Он снова расхохотался.

— Нет, господа, это не притворство, — серьезным тоном начал Михаил Васильевич, укоризненно посмотрев на Вывиха. — Мне ее в последний спектакль даже очень жалко было — дрожит вся бедняжка. Дело—то у них должно быть всерьез пошло. Да и напугала же она меня. Входит ко мне в уборную, а меня в это время парикмахер брил. Схватила бритву: — Ах, вот, говорит, чего я все эти дни искала, мне для роли в одной новой пьесе нужно. — А сама смеется, да так нехорошо. — Продай мне, говорит парикмахеру. Я было у нее отнимать, думаю, руку обрежет, а она не дает и хохочет, даже мне от ее смеха страшно стало. — Чего вы, — говорит, — испугались, не зарежусь. — Бросила парикмахеру десять рублей, убежала и бритву с собой унесла.

— Не нравится мне, — заметил Городов, — что у нее часто бывают такие странные выходки. Она баба хорошая, только переходы в ней чересчур резки: то уж очень весела, то, думаешь, не святая ли мученица какая?

К столу в это время подошел Курский—Петров и уселся на свое место.

Марк Иванович с негодованием отодвинул стул и вскочил.

— Однако надо выпить!

Он быстро ушел по направлению к буфету.

Сергей Сергеевич расхохотался.

— Ишь, стрекача от меня задает! Знаете, за что меня Вывих не терпит и ругает?

— А за что? — спросил Величковский.

— Да я уж очень с ним шельмовскую шутку сыграл, — со смехом начал тот. — Был у нас тут в прошлом году один бенефисик назначен, я в ту ночь, около часу, Вывиха здесь же встретил; подлетает он ко мне и спрашивает, хорошо ли прошла пьеса. Я, говорит, не успел быть, а завтра нужно непременно отчет в газете, хоть в нескольких строках, а все—таки дать. Я, не долго думая, возьми да и соври ему, что, мол, прошел спектакль с успехом, только Бабочкин провалил свою роль. Марк Иванович эту самую шутку сейчас же из трактира в редакцию кратким сообщением и отослал, а пьеса эта вовсе не шла — бенефис был отменен. Егоза такую штуку все другие газеты продернули: пишет, мол, о спектакле, которого не было. С тех пор он меня видеть не может...

Присутствующие расхохотались.

# XII

## ОБЩЕЕ СОБРАНИЕ

На другой день, к семи часам вечера, собрались приглашенные повестками на годичное собрание "общества поощрения искусств", как исполнители действительные, так и почетные.

Громадное помещение "общества", находившееся на одной из бесчисленных набережных Петербурга, было уже переполнено массой публики, прослышавшей, что заседание будет бурное. В одной из зал, предназначенной в обыкновенные дня для танцев, стоял громадный стол, или, лучше сказать, несколько приставленных друг к другу столов, покрытых зеленым сукном; кругом были расставлены стулья, а в середине находилось председательское кресло.

Несмотря на то что бы уже девятый час, эта зала была пуста. Заседание еще не открывалось — ждали приезда Владимира Николаевича Бежецкого.

Публика и члены, среди которых были и знакомые уже нам Величковский, Городов, Бабочкин и Петров—Курский бродили и занимали столики в буфетных залах. Компания, которую мы видели накануне в "Малом Ярославце", сидела и теперь за одним столом. Рядом с Величковским была на этот раз и его племянница Marie.

Дядя не сводил с нее глаз.

— Не озябла ли ты, Marie? — заботливо временами спрашивал он.

— Нет, дядя, merci, — отвечала она.

— Однако, господа, мы здесь говорим, пьем и едим, — возвысил голос Городов, — а о деле, для которого собрались, мало думаем. Надо решить! И на что это похоже — все собрались, а председателя нет. Заставляет себя дожидаться. Странно что—то. Я бы уже этого не дозволил себе на его месте. — Он встал и подошел к сгруппировавшимся посреди залы.

Среди последних были: Исаак Соломонович Коган, архитектор Алексей Алексеевич Чадилкин, мужчина чрезвычайно высокого роста с окладистой черной бородкой.

К этой же группе подошла только что приехавшая в сопровождении Дудкиной, Надежда Александровна Крюковская.

С ней рядом шел Петров—Курский.

Он заметил ее, когда она входила в двери, раньше всех и поспешил к ней навстречу.

— А наконец—то наше красное солнышко проглянуло. Надежда Александровна, здравствуйте! Как здоровье? Мы так за вас боялись.

— Здравствуйте, Курский! — подала ему руку Дудкина. Тот пожал ее.

Крюковская была бледна, но, видимо, старалась казаться веселой.

— Мега, я здорова, — засмеялась она в ответ на вопросы Сергея Сергеевича, тоже подавая ему руку, которую он почтительно поцеловал. — Разве стоит за меня бояться, мне никогда ни от чего ничего не делается и ничто не пробирает, точно я заколдованная. Даже досадно. А, может быть, кошачья натура, — с новым смехом добавила она. — А вы как тут без меня живете, хорошо ли себя ведете себя, мои милые дети...

Они подошли к группе. Она и Дудкина начали здороваться с присутствующими.

— Да не совсем хорошо! — ответил за всех Сергей Сергеевич.

— Вероятно, все об искусстве заботитесь, которого нет... — расхохоталась она.

— Ай, ай! Разве можно так говорить. Смотрите, старшие услышат.

— Что же тут такого? Я говорю правду.

— Правду—то, правду, только мне странно это от вас слышать...

— Почему странно, когда это правда? Разве вы думаете, что я должна кривить душой?

Она расхохоталась почти истерически.

— Так очень ошибаетесь. Я всегда говорила и буду говорить, что дело искусства не может быть там, где люди о нем не думают, а у нас каждый думает только о себе, о своих трактирах, именинах, пирогах и ужинах. Какое там еще искусство выдумали. Долой, господа, искусство; не думая о нем — веселей живется.

— Браво, браво! Надежда Александровна! — послышались голоса, и все снова заговорили разом.

Дудкина под шумок пристала к Сергею Сергеевичу:

— А что же мой дебют? Когда для меня пьесу поставят? Я хочу играть Адриену Лукеврер, непременно Адриену...

— Я—то почем знаю, разве я здесь распоряжаюсь... отбояривался от нее Курский.

В это время вошла в залу Лариса Алексеевна Щепетович и остановилась у колонн.

К ней подлетел бродивший по зале Вывих.

— Здравствуйте, Лариса Алексеевна. Я вас здесь дожидался, чтобы ввести и со всеми познакомить.

— Mera!.. Вы очень милы, но... — произнесла она, надевая пенсне, — я жду моего кавалера...

За колоннами показался Бежецкий.

— Вот видите и не странно, что председателя не было видно, он не один, — заметил Курский Городову, указывая на проходивших по зале Бежецкого и Щепетович.

Оба расхохотались.

— Милости просим, Лариса Алексеевна. Идемте. J'espere, que vous n'etes pas, genee? Бодрей, бодрей...

Он шел с ней под руку, гордо раскланиваясь со всеми кивком головы.

— J'espere bien, que non! Я не из трусливого десятка, — отвечала она, кокетливо улыбаясь по сторонам. — В

71

мужском обществе не теряюсь. Вот барынь не люблю — скучные они все и меня к мужчинам ревнуют.

— Честь имею вам представить, господа, нашу новую артистку, Ларису Алексеевну Щепетович! — подошел он с ней к группе, где стоял Городов и только что подошедшие Бабочкин и Величковский.

При приближении их Коган, Чадилкин, Крюковская и Дудкина поспешно отделились от остальных и отошли в сторону.

После взаимных представлений, Щепетович обратилась к Бабочкину:

— Мы, Михаил Васильевич, с вами, кажется знакомы?

— Да—с, имел эту честь. У Палкина, если я не ошибаюсь, вы бывали со Степановым.

— Нет, с Сержем Войтовским, а Степанов всегда бывал в нашей компании. Тогда очень мило и весело жилось в Петербурге. Каждый день катанье на тройках, обеды у Палкина, ужины у Донона, потом на острова, цыгане... И всегда с нами Петя Лапшин, князь Коко... Вы помните, такой шалун и весельчак еще...

— Как же не помнить. Бывало, к ним попадешь, уж живой не выйдешь, всегда до положения риз... — засмеялся Бабочкин.

— Славные ребята! — расхохоталась на всю залу Лариса Алексеевна. — C'etait charmant, в особенности Васька Белищев, не тот, штатский, а гвардеец, русская широкая натура.

— Каковы манеры! — наклонился Городов к Величковскому, — вот пример, что у нас делается. Разве эта барыня может иметь что—нибудь общее с искусством и носить звание артистки, впрочем, для кутежей, может быть, — она артистка первоклассная.

Величковский только пожал плечами.

— Однако, господа, что же мы не начинаем? — поглядел на часы Владимир Николаевич. — Где же Шмель?

Борис Александрович вырос перед ним как из—под земли.

— Я здесь! Если угодно, можно начинать заседание. Все готово! Отчеты я положил вам на стол. Все обстоит благополучно.

Последнюю фразу он произнес шепотом.

— А, хорошо!

— И господ членов довольно уже набралось. Если прикажете, можно дать звонок, — продолжал он вслух.

— Так потрудитесь!

Шмель вынул из кармана колокольчик и начал, звоня, обходить залы.

Все члены направились в зал, приготовленный для общего собрания, у дверей которого стояли два лакея, отбиравшие повестки у мало известных.

— Я вас провожу в зал заседаний. Я надеюсь, что вы мне позволите, — подал Бежецкий руку Щепетович.

— О, с вами куда угодно. Хоть на край света! — громко и с ударением ответила она.

— Вот как!.. Зачем же это объяснять и так публично. Шалунья, — заметил он ей уже на ходу.

Последняя фраза не ускользнула от оставшегося еще в той же зале Когана, разговаривавшего вполголоса с Чадилкиным.

— Вот как! — прошипел он. — Куда угодно, хоть на край света. Вы слышали каково?! Быстро, быстро! Не слишком ли скоро? Ну, да это мы увидим, с кем. Почему бы и не с вами, и не со мной. Увидим, кто сильнее: мы или Бежецкий?

— Все мое, сказало злато,
И я твой, сказал булат,
Все куплю, сказало злато,
И меня, сказал булат.

— продекламировал со смехом в ответ архитектор. — Война, значит, уважаемый Исаак Соломонович? — добавил он, положив ему на плечо свою огромную руку.

— Нет, как же война. Я так только пошутил. Разве

подобная дрянь, как Щепетович, стоит этого. Я ею вовсе и не интересуюсь.

К ним подскочил Марк Иванович, вышедший из залы заседания.

— Что же вы, Исаак Соломонович? Пожалуйте. Все уже собрались, заседание будет интересное.

— Еще успеем, — зевнул Чадилкин.

— У нас тут возбужден будет вопрос о перемене председателя, — подошел к Когану Сергей Сергеевич.

Вывих при его приближении быстро отошел и направился в залу заседания, окинув Петрова—Курского презрительным взглядом.

— Желал бы я знать ваше мнение на счет этого, уважаемый Исаак Соломонович.

— На счет перемены председателя. А! Это очень кстати, и знаете, — добавил он таинственно, — если будет другой председатель, я пожертвую для общества. Передайте это от меня членам.

— Непременно передам. Мы думаем выбрать Величковского, он человек с честным направлением.

— Величковского? Да! Он с честным направлением. Я согласен, согласен, — важно изрек Коган.

— Идите же, идите, — заспешил Курский и побежал обратно в залу, откуда уже слышались шумные возгласы.

Исаак Соломонович с Чадилкиным направились было туда же, но оттуда, как бомба, вылетел Вывих.

— Идите, идите, Исаак Соломонович, — подскочил он к ним. — Читают отчеты. Очень интересно, как они так подтасовали. Деньги растрачены. Завтра же в газетах тисну. Целый фельетон выйдет. Строчек в триста — значит, пятнадцать рублей получу. Идите скорее.

— Идем, идем! Надо другого председателя выбрать. Я думаю Величковского, он с честным направлением, — сообщил Коган Вывиху.

— Величковского, конечно, Величковского, — подтвердил на ходу уже в дверях Марк Иванович.

— Видно, — думал Алексей Алексеевич, идя вслед за

ними, — в нынешнем году слетит господин Бежецкий — это не прежнее время. Баба замешалась, а во всякой гадости ищи женщину, а она тут и есть. Будет теперь знать, как мне не додавать денег. За постройку прошлого года мне не додали, а в нынешнем другого архитектора взяли. Я ему удружу.

Все трое вошли в зал.

# XIII

# СКАТЕРТЬЮ ДОРОГА

Заседание в самом деле было бурное.

По прочтении отчета, со всех сторон послышались возгласы.

Громче всех раздавались голоса Петрова—Курского и Городова.

— Неправда, неправда, вы подтасовали счета! — слышались крики.

— Это оскорбление личности! — старался перекричать Шмель, читавший отчеты.

— Вашей рукой счета переправлены. Какой вы эконом! — раздался громкий голос Городова.

— Вам самому хочется в экономы попасть, по этой причине я и не гожусь, — отпарировал Борис Александрович.

— Не ваше дело, чего я хочу, но во всяком случае брать жалованье с общества не стану, — наступал на него тот.

— Я и не беру. Неправда. Не беру.

— Господа, господа, потише, замолчите! — вступился Бежецкий.

— Не хочу я молчать. Вы, конечно, будете за него заступаться. Куда годны такие распорядители? — горячился Михаил Николаевич.

— Перестаньте, Городов! — перебил его Владимир Николаевич.

— Не делайте скандала, Городов! Зачем скандал? — увещевал его Бабочкин. — Не живется покойно! — добавил он как бы про себя.

— Господа, что же вы молчите! Наши деньги летят, а все молчат! — воскликнул Городов.

— Вы оскорбляете, — начал было Шмель.

— Не оскорблять, а выгнать вас за это надо! — крикнул Михаил Николаевич.

— Выгнать, выгнать! — послышались сначала робкие голоса, а потом они стали все смелее и громче.

— Вот скандал! — захлебывался с восторгом Вывих. — Что завтра я напишу, что напишу!

— Вон, вон! — послышалось несколько голосов.

— Да, вон, нам воров не надо! Баллотировать.

— Баллотировать, баллотировать! — подхватили голоса.

— Постойте, постойте, господа! Вы меня этим оскорбляете, — заявил Владимир Николаевич.

— Господа, не оскорбляйте его недоверием. Это нехорошо! — заявила Щепетович, сидевшая около Бежецкого.

— Так не молчать же всем из—за того, что вы оскорбляетесь, — возразила громко Крюковская, окинув ее злым взглядом, — дело важнее вас.

Бежецкий с ненавистью посмотрел на нее.

— Правда! Правда, Надежда Александровна! — закричал Сергей Сергеевич.

— Мы верных отчетов требуем, — вступился Городов.

— И вы обязаны их дать, — в упор сказала Владимиру Николаевичу Крюковская.

— Имеем на то право! — высказался Чадилкин.

— Юридическое право, — подтвердил Михаил Николаевич.

— Имеем право, имеем право! — послышались крики.

— Конечно, имеете, и требуйте, господа! — обратилась к собранию Надежда Александровна.

— Требуем! Требуем! — раздались крики.

— Вам что до других за дело? Не мешайтесь в историю, — прошипел сквозь зубы, обращаясь к ней Владимир Николаевич.

— Я о деле говорю, — каким—то неестественным голосом крикнула она, — оно мне дороже всего. Напрасно думаете, что я уж и на это права не имею и разум настолько потеряла, что и об искусстве забыла. Оно для меня выше всего и, конечно, выше ваших личных интересов.

— Да, дело выше личностей! — подтвердил Сергей Сергеевич.

— А у нас о нем не думают. Я один только думаю, — кричал Городов.

— Да никто не думает и даже те, кто управляет. Это для общества постыдно, господа! — крикнула снова Крюковская.

— Надо это изменить, господа! — заявил вышедший вперед Исаак Соломонович. — Общественное благосостояние выше всего, и требует...

Он не успел договорить, как его перебила Лариса Алексеевна.

— Исаак Соломонович! На пару слов.

Они отошли в сторону и стали разговаривать вполголоса.

— Да, господа, пора нам опомниться наконец. Что делаем, мы деятели деятели "общества поощрения искусств"? Что мы поощряем?

Надежда Александровна указала головой в ту сторону, куда отошли Коган и Щепетович.

— Кого на сцену принимаем? Зачем собираемся сюда? Неужели затем, чтобы в карты играть, пить у буфета и беспечно и весело прожигать жизнь? А о главной цели — об искусстве, вспоминать, как о мираже. Надо проснуться, мы ходя спим, все спим.

— Общественное благосостояние требует, — снова заговорил Коган, оставив Ларису Алексеевну, — требует...

— Чтобы во главе стоял человек, занимающийся делом, — подсказывал ему Чадилкин.

— Да, делом, исключительно делом! — подтвердил Петров—Курский.

— Что, господа, долго разговаривать, баллотировать этот вопрос и все тут.

— Баллотировать, баллотировать! — подхватили почти все хором.

— Господа, прошу слова, прошу слова! — силился их перекричать Бежецкий.

Все постепенно смолкли.

— Несмотря на все мое желание быть полезным обществу, я вижу, что при настоящем положении дел, при таких беспорядках и при том, как ко мне относятся, я ничего сделать не могу и если общество желает меня оскорблять недоверием, сам попрошу уволить меня от ведения дел и звания председателя, или подчиниться моему умению и опытности. При таких условиях я могу управлять.

Он вызывающе посмотрел на собрание вообще, а на Крюковскую с особенности.

Когда он кончил, со всех сторон послышались крики:

— Браво, браво! Пора, давно пора уйти!..

Владимир Николаевич был поражен.

— Что это значит, господа? Браво и пора уйти. Я не понимаю... — растерянно начал он.

— А то, что вам пора уйти, — громко в упор кинула ему Надежда Александровна.

— Пора уйти. Пора! — раздались подтверждающие крики.

— Он не понимает, так растолкуйте ему... — со смехом кричали одни.

— Не хотим Бежецкого председателем! Что церемониться! — вопили другие.

— Это значит, что общество по обсуждении ваших поступков желает выбрать другого председателя, — выделился из толпы и важно произнес Коган.

— Что я вам говорила. Не слушали добрых советов, до чего довели, за дело! Доигрались, чем кончилось! — подошла и вполголоса начала говорить Бежецкому Крюковская.

— Оставьте меня!.. — он с ненавистью посмотрел на нее.

Кругом все еще продолжали шуметь.

— Если это так, — громко, после некоторой паузы, начал он, — то мне действительно остается только поблагодарить за оказанную мне в прошлом честь и отказаться. Я ясно вижу, что против меня велась интрига — сильная интрига. Я оклеветан и твердо убежден, что впоследствии общество оценит мои заслуги и раскается в своем поступке против меня, но тогда уже будет поздно...

Голос, в котором слышались злобные ноты, дрогнул.

— Я не приму этой чести, — продолжал он. — Засим, мне остается только раскланяться, взять шляпу и уйти... и я ухожу...

Он гордо выпрямился.

— Лариса Андреевна, вашу руку, я вас ввел, я и уведу, — обратился он к Щепетович.

— Извините — насмешливо отстранилась она от него, — я обещала поужинать с Исааком Соломоновичем.

Он не сказал ей ни слова, снова раскланялся перед собранием и медленной, гордой походкой вышел.

За ним с быстротой кошки, схватив портфель под мышку, выскочил из залы Шмель.

— На отказ нарвались! И тут отказ! — нервно расхохоталась Крюковская, указывая головой на Щепетович медленно проходившему мимо нее Бежецкому.

— С богом, счастливый путь! — раздались ему вслед насмешливые крики.

— Скатертью дорога! Мы и без них справимся, — хохотал Городов.

— Давно было это пора! — вторил ему Петров— Курский.

— Догадался, как проигрался! — покатывался со смеха Чадилкин.

— Уж начали издеваться! — презрительно оглядел толпу Бабочкин.

— Господа, теперь сведя счеты с прошлым, нужно подумать о настоящем, — возбужденным, ненатуральным голосом начала Надежда Александровна. — Надо забыть все, что было, и приняться за новое. Искусство должно быть у нас на первом плане, нашей единственной целью! Мы должны отрешиться от наших личных интересов и желаний, работая для общего дела. Для этой цели все надо принести в жертву. Что теперь делать? Кого выбирать? — вот вопросы.

— Надо просить занять пост председателя господина Величковского. Я тогда материально поддержу общество... Поддержу! — с важностью заявил Исаак Соломонович.

— Величковского! Величковского! — закричали почти все.

Он был избран единогласно.

После долгих отговорок, совещаний со своей племянницей, он согласился.

— А мне опять не удалось попасть, а хлопотал, ну все равно — хотя бы в экономы, — проворчал сквозь зубы Городов.

Общее собрание кончилось.

Все перешли в буфетные залы, обступили Величковского и беспрерывно приносили ему поздравления, жали руку.

— Теперь мы, знаете, поставим мою пьесу? — заискивающим голосом говорил ему Сергей Сергеевич.

— Неправда, прежде мой дебют в Адриене Лекуврер, — заявляла Дудкина, отстраняя Курского от Ивана Владимировича.

— Прежде всего надо перестроить сцену! — подступил к нему Чадилкин.

— Нет, до переделки поставим мою пьесу. Да еще, Иван Владимирович, могу я надеяться быть экономом? — подошел Городов.

— Господин Величковский, господин Величковский, у меня на нынешний год контракт есть — я служу, — пищала Щепетович.

— Да, Иван Владимирович, Лариса Алексеевна служит, — подтвердил Коган. — Пожалуйста, не забудьте, завтра вы у меня обедаете. У меня вина недавно из заграницы присланы. Мой погреб стоит...

Его перебил Вывих:

— Я завтра привезу вам мою статью прочесть о вашем выборе. В котором часу прикажете?

Появилось, по требованию Когана и других, шампанское.

Начались тосты.

Надежда Александровна стояла все время как окаменелая, но вдруг встрепенулась. Она взяла с подноса лакея бокал шампанского.

— Пожелаем Ивану Владимировичу серьезно и хорошо поставить наше дорогое дело. Пусть наш общий, единодушный выбор его председателем послужит прочным звеном к успеху дела и его процветанию. Пью за дело, господа!

Она выпила залпом бокал, но вдруг зашаталась и упала в страшном истерическом припадке.

Нервы ее не выдержали.

# XIV

## РАСКАЯНИЕ

На другой день Надежда Александровна Крюковская, проснувшись довольно рано и с тяжелой головой, стала смутно перебирать в своей памяти происшествия вчерашнего вечера.

Она занимала уютную квартирку на Николаевской улице, ее спальня и будуар, отделанный розовым ситцем, ее небольшая зала, уютная гостиная и маленькая столовая представляли, каждая отдельно взятая, изящную игрушку.

Впрочем, в описываемое нами утро в глазах самой хозяйки вся эта веселенькая квартирка казалась тоскливой и мрачной. Происходило ли это от серого раннего петербургского утра, глядевшего в окна, или же от настроений самой Надежды Александровны — неизвестно.

— Что я сделала, что я сделала, — мысленно говорила она сама себе, одеваясь, — отомстить ли хотела и отомстила, или же за дело стояла и отстояла?

Она к своему ужасу должна была сознаться, что главным стимулом ее вчерашних поступков на общем собрании была месть оскорбленной женщины.

— Я погубила его и из—за чего? Из—за личного мелкого чувства — ревности. Громкие фразы мои вчера об искусстве, об общем деле — были красивым домино, которым я задрапировала свое грязное, дырявое платье, свои низкие себялюбивые побуждения.

Она почувствовала к себе почти ненависть.

Наряду с этим перед ней возникал образ любимого человека, опозоренного, одинокого, всеми покинутого, без средств, без места. А она, она чувствовала, что любила его до сих пор, любила теперь еще более, после того, как была почти единственной виновницей, главной причиной, что его вчера забросали грязью. Она сознавала, что имела влияние в "обществе", и не перейди она вчера так открыто, с такой страстью на сторону его врагов — неизвестно, какие были бы результаты общего собрания.

— Я его погубила, я его и спасу... — уверенно воскликнула она. — Я ему напишу; вызову сюда. Поеду сегодня же ко всем. Напишу также Дюшар — она имеет влияние на Когана. Вдвоем они сила... Все поправим.

— А если он не приедет? — задала она себе вопрос. — Не может быть, я напишу, что я больна. Он сжалится! А здесь, здесь, я вымолю у него прощение... я подчинюсь всецело его воле, я буду отныне для него переносить все, все прощать, на сколько хватит сил. Без него я жить не могу, я теперь поняла, поняла ясно, я люблю его, люблю безумно.

Она схватилась обеими руками за голову.

— Боже мой, что с моей бедной головой! Но она должна быть свежа для него, и будет.

Она сделала над собой неимоверное усилие и почти спокойно села к письменному столу писать письма.

Окончив работу, она позвонила.

В будуар вошла Дудкина.

— Вы звонили, Надежда Александровна, и уж встали? А я думала, вы Почиваете после вчерашнего—то. Ну слава Богу, что не больны! Уж я за вас так боялась, так боялась, несколько раз ночью приходила. Ведь как вас вчера на истерике—то трясло. Вы дама нервная, нежная — точь—в—точь, как я.

— Вы, Анфиса Львовна, расположены ко мне?

— Да что это вы спрашиваете? Вы моя благодетельница, у себя приютили, место доставили, сына на казенный счет определили, да расположена ли я?

— Не то, не то, — перебила Крюковская, — а вот что. Если вы меня любите, хотите успокоить, возьмите это письмо, поезжайте с ним к Владимиру Николаевичу, отдайте и скажите, что я очень больна, и непременно, слышите, непременно настоите, чтобы он с вами ко мне приехал. Вы сумеете это сделать, если захотите. Но, пожалуй, если будет отказываться, соврите ему что—

нибудь, — добавила она после некоторого раздумья, отдавая письмо.

— Хорошо, моя родная, хорошо. Совру. Эх, кабы в прежнее время, уж наврала бы я с три короба, а теперь все у меня что-то нескладно выходит. Не умею обворожить, — вздохнула Лариса Львовна.

— Да это все равно, умеете ли вы обворожить, или нет! Поскорее только. Постойте. Вот что еще. Передайте и это письмо.

Она отдала ей и другое.

— Что это смотрю я, голубочек мой, как вы себя беспокоите. Нисколько свою красоту не жалеете и не бережете. Я вот не так делала. Разве эти кавалеры стоят, чтобы из-за них себя мучить. С вашей-то красотой вы всегда себе протекцию найдете, да еще какую. Плюнули бы вы, право. Не такого еще красавчика подхватим, бриллиантами осыплет. Ах, какие у меня были бриллианты — по ореху! — патетически закончила Дудкина.

— Ах, что мне за дело до ваших красавцев, бриллиантов и орехов, — со страданием в голосе воскликнула Крюковская, — не надо мне их! Поезжайте лучше скорей, да заезжайте и по этому адресу, отдайте это письмо и попросите ответа. Это не Сергиевской улице; фамилия Дюшар. Там швейцару отдадите.

Надежда Александровна встала и нервно заходила по комнате.

— Поезжайте же, пожалуйста, поскорее! — повторила она, видя, что Дудкина не трогается с места.

— Не подождать ли часок? Очень рано, все спят еще, может быть; а через часочек я и отправлюсь, кстати, я напудрюсь и папильотки успею развить, — заговорила последняя.

— Ах, что мне за дело до ваших папильоток! — крикнула Крюковская. — Чего ждать, совсем не рано. Не могу я ждать. Какая вы, право, мямля! Досадно даже. Поезжайте, или я пошлю горничную.

— Да еду, уже еду, голубчик вы мой, — направилась Анфиса Львовна быстрыми шагами к двери, — знаю ваше нетерпение — сама испытала.

Надежда Александровна молча продолжала ходить по будуару.

— Я надену вашу шубку — интереснее будет, — остановилась Дудкина в дверях, — моя-то плоха. Ах, голубчик, какую раз мне шубу один кавалер подарил!

— Надевайте все, что хотите, — нетерпеливо топнула ногой Крюковская, — только поезжайте, Анфиса Львовна, скорее, а то дома, пожалуй, не застанете.

— Еду, еду, радость моя.

Дудкина поспешно скрылась.

— Боже мой, как она порой нестерпима со своими воспоминаниями! Сумеет ли она уговорить Володю? — думала Надежда Александровна.

В передней раздался голос.

— Это еще кто?

Она вышла в гостиную.

— Наталья Петровна Лососинина, — доложила вошедшая горничная.

— Наташа! — воскликнула Крюковская. — Проси, проси.

Она выскочила в залу.

Туда же входила высокая, полная, но стройная темная шатенка с выразительным красивым лицом, хотя и носившим отпечаток далеко не регулярной жизни, но этот отпечаток придавал еще большую прелесть томному взгляду глубоких прекрасных глаз, окруженных красноречивой бледной синевой.

Ей было не более двадцати пяти лет.

Наталья Петровна Лососинина была женой одного знаменитого провинциального актера-комика, обладавшего громадным талантом, но страшного пьяницы; сначала она ездила с ним по провинции, где сошлась и подружилась с Крюковской, но уже несколько лет, как рассталась с мужем.

Подруги расцеловались, и хозяйка увлекла приехавшую в гостиную.

— Садись, пожалуйста, Наташа. Какими судьбами сюда, к нам. Я тебе ужасно рада! — суетилась Крюковская, усаживая гостью.

— Какими судьбами? — отвечала та, садясь рядом с хозяйкой на диван. Я из газет узнала, что ты здесь. Нынче утром, как приехала, послала из гостиницы узнать твой адрес, и вот... у тебя... Рассказывай, как поживаешь.

Лососинина сняла шляпу и перчатки.

— Как поживаю? — вздохнула Надежда Александровна. — После расскажу. Расскажи ты лучше, откуда ты и как жила?

— Откуда и как жила? Постой, я начну сначала. Мы, кажется, расстались с тобой, когда мой пьяница супруг меня бросил на произвол судьбы в гостинице с ребенком и долгом на шее. Да?

— Да. Что ты тогда сделала?

— Что я сделала? — рассмеялась Наталья Петровна. — Конечно, переехала к тому господину, который заплатил за меня долг, это было, кажется, в Оренбурге. Перезабыла даже.

Она снова захохотала.

— Да, в Оренбурге.

— У него я долго не оставалась. С полгода только прожила. Он со своей женой сошелся, а я уехала в Одессу. Надо было ребенка чем—нибудь кормить. У меня буквально копейки не было. Работы достать было трудно, да я не умела и не привыкла работать. Тут попался мне один интендант, порастрясли мы с ним солдатские пайки, но он, увы! скоро попался в эту историю последней войны, под суд угодил и в Сибирь сослан. На смену ему явился один богатый жид Эллин — он мне отлично отделал квартиру, жила я с год роскошно, потом опротивело так, что я его бросила, забрала только свои бриллианты и удрала с ребенком в Киев, ничего ему не сказавши.

Крюковская, казалось, внимательно слушала, но думала совсем о другом.

— Он, говорят, — засмеялась Лососинина, — хотел на меня в суд жаловаться, но я ему такое письмо написала, что он струсил и успокоился. В Киеве за мной ухаживал один армянин, жила я там отлично, мебель и обстановка только одной квартиры стоила двадцать пять тысяч рублей, да на беду мою...

Наталья Петровна вздохнула и остановилась.

— Я там встретилась с одним греком, — начала она снова, но медленней, — и... влюбилась.

Она захохотала.

— Врезалась так, что просто беда. Он же, к несчастью, был беден. Я армяшку побоку, все распродала и переехала в Харьков. Там мы с моим греком прожили все, что у меня было, пошли ссоры, неприятности, денег нет... Ах, тяжело вспоминать бедность! Самой стирать приходилось... Я все переносила, ну а он, конечно, от меня удрал и я осталась опять как рак на мели, — весело закончила она.

— Что же дальше?

— Дальше. Несмотря на все несчастья, нам с сыном кушать каждый день хотелось. Что с тех пор пережила, и рассказывать не стану. Часом было с квасом, а порой с водой. Вот видишь — показала она на свою ногу и засмеялась — шелковые чулки, у меня три дюжины таких. Мне подарили. Серьги, шляпы, браслеты, зонтики — все даровое. Платье тоже подарили, а никто никогда не подумал о том, обедали ли я и мой ребенок, а не обедать часто случалось. Кареты, ложи, ужины, шампанское, а никто никогда не спросил, есть ли у меня рубль на завтра, чтобы ребенка накормить, да и сама я об этом никогда не заботилась и не знала, что мы будем завтра есть. Так и жили. Теперь хочется устроиться на сцену, да и молодость уходит, хочу попробовать свои сценические способности.

— Бедная ты моя, бедная, как же мне тебе это устроить? — задумалась Крюковская.

— Там Аким от Владимира Николаевича пришел... — доложила вошедшая горничная.

— Аким! — встрепенулась Надежда Александровна и бросилась на кухню. — Прости, я сейчас, — сказала она на ходу Лососининой.

Та проводила ее удивленным взглядом.

— Аким, ты какими судьбами? Барии прислал? Письмо есть? — подбежала Надежда Александровна к сидящему на кухне Акиму.

— Нет, барышня, я не от барина. Сами по себе пришли. Нас с барином ведь порешили, значит, чего же мне с ним путаться, у барина все нарушено, так надо подумать самому о себе. Тоже питаться хотим. На Владимира Николаевича надежда таперича плохая. Так вот я примчал к вам попросить, не найдется ли мне, по знакомству, местечко у нового председателя, потому мы это дело знаем, и место прибыльное. Уже будьте милосердны.

Аким несколько раз низко поклонился ей.

"Даже лакей бросил! Все разом отшатнулись!" — с горечью подумала она.

— Вот что, Аким, — начала она вслух, — ты ступай назад к Владимиру Николаевичу и за себя не бойся, я о тебе позабочусь, только барину хорошо служи и угождай...

— Да как же таперича задаром—то угождать? — с недоумением уставился он на нее.

— Не задаром... Владимир Николаевич еще, может, останется. Ты подожди уходить.

— Так подождать, говорите, — недоверчиво покачал он головой, — а как новый председатель себе другого возьмет, тогда мы пропали. Марья мне задаст, что прозевал.

— Ты успокой свою Марью, скажи, что я обещала, и иди к Владимиру Николаевичу, служи, только исправно...

— Загадки, право!.. Дарма мы не прошмыгать... Сумнительно...

— Уж если я сказала, не сомневайся... А здоров ли барин?

— Да что, ничего! Приехал это вчерась, страсть! Понеси всех святых вон, и тут Шмеля еще принесла нелегкая. Так так—то ругались, что у меня душа в пятки ушла. Думаю: погибли мы совсем, а потом, как наругались вдоволь, то отошли сердцем. Значит, потишали. Шмель ушел, я им подал ужинать, ну, подумали и стали тут кушать, а потом писать сели, я это, подождал, подождал, да сон меня склонил, а они знать так и не раздевались, потому меня не позвали. Утром встал, все тихо, дверь в спальню заперта, я и умчал к вам. Думаю, пока спят—то, сбегаю. А то, чай, гроза—грозой поднимется...

Аким засмеялся и остановился.

— А что осмелюсь я вас, Надежда Александровна, спросить, — после некоторой паузы снова начал он, — вы говорите подождать, нешто нас за правду порешили или поживем?

— Поживете, поживете, иди, говорю тебе, иди... — отвечала Крюковская и вышла из кухни.

Аким, покачивая головой и простившись с прислугой, отправился домой.

Не успела Надежда Александровна возвратиться к Лососининой, как в передней снова послышался звонок и через несколько минут в дверях гостиной появилась Анфиса Львовна в сопровождении Бежецкого. Последний шел сзади и был сосредоточенно—серьезен.

Крюковская побледнела как полотно.

Дудкина бросилась здороваться с Натальей Петровной, ее старой знакомой по провинции.

— Вы меня звали, Надежда Александровна, — приблизился Владимир Николаевич, подавая руку и удивленно кланяясь Лососининой. — Мне Анфиса Львовна сказала, что вы в постели, и что она боится за вашу жизнь. Я удивлен, что вижу вас на ногах и не ожидал встретить у вас гостей.

На его губах играла холодная насмешка.

— Ах, да что же мы стоим, я и не попрошу садиться, —

растерянно начала она, не глядя ему в глаза. — Ах, да! И не познакомила вас.

Она представила Бежецкого Лососининой.

— Моя старинная подруга, — рекомендовала она ее ему.

— Очень рад познакомиться, — с чувством пожал он руку Наталье Петровне.

— Вот, Надежда Александровна, — затараторила Дудкина, — все ваши поручения аккуратно исполнила, дорогой гость уже здесь, а та барыня, за которой вы посылали, сама меня принимала в гостиной. Я вхожу в бархатной—то шубке совсем барыней, все лакеи на меня смотрят и рассыпаются, потому что вид у меня уважения достойный. Кто калоши снимает, кто платок, кто шубку, так все и бросились. Думают, первое лицо в городе приехало, а я это так неглиже, гордо вхожу, вижу, что они на меня смотрят, сбросила шубку и послала доложить. Попросили меня сейчас же в гостиную.

Анфиса Львовна вздохнула.

— И вспомнила я, какая у меня была гостиная. Она сама ко мне вышла и, прочитавши письмо, велела вам передать, что сейчас сама у вас будет.

— Как, сама ко мне приедет? — вскочила с места Крюковская.

— Да, так и сказала, просила только, чтобы никого у вас не было...

— Наташа, голубушка, извини, пройди в столовую... Нам нужно переговорить... Анфиса Львовна, дайте, пожалуйста, Наташе кофе...

— Сейчас, извольте с удовольствием и сама, кстати, напьюсь, очень я люблю кофе.

Дудкина с Лососининой удалились.

Бежецкий и Крюковская остались вдвоем.

# XV

# НЕИСПРАВИМЫЙ

— Скажите, что все это значит? — сдержанно—
холодно начал он. — Я очень удивлен, после того, что
произошло вчера, нашему свиданью, Надежда
Александровна, и вашей мнимой болезни.

В голосе его прозвучала насмешка.

— Нам теперь некогда, Владимир Николаевич, —
порывисто отвечала она, — долго разговаривать и
рассуждать. После поговорим. Теперь я должна вам скорее
объяснить, что сейчас сюда приедет мадам Дюшар.

Владимир Николаевич даже вскочил с места.

— Это не должно вас застать врасплох: приготовьтесь и
скажите, что мне надо говорить... — продолжала она.

— Мадам Дюшар? У вас? Что все это значит? Я, я здесь
при ней, зачем?.. — уставился он на нее.

Она смутилась.

— Я, я... Да что долго говорить... Я так не могу... Я не
помню сама, что вчера делала. Надо все исправить.

— Не поздно ли спохватились, Надежда
Александровна? — с горечью спросил он.

— Нет, не поздно! Все можно исправить при
поддержке мадам Дюшар, и я все исправлю. Не ожидала я,
что она ко мне поедет, и это добрый знак. Значит, можно
будет надеяться все переменить.

— Да что переменить—то? Оскорбив человека,
надругавшись вдоволь над его самолюбием — и справлять.
Странно что—то! — горько улыбнулся он.

— Нет, не странно. Вы сами во всем прошлом
виноваты, зачем мало делом занимались, за что меня
оскорбили? — пылко заметила она.

— Ну, об этом не будем говорить, — перебил он ее. —
Почему и зачем? Случилось так, и не я виноват, и теперь не

вернешь. Вы позвали меня затем, чтобы упрекать, не так ли? — снова с горечью добавил он.

— Не упрекать я вас позвала, а поправить беду — вспыхнула она.

— Сами же напортили, да поправлять. Не верю я вам. Вы мне главное зло нанесли.

Слезы брызнули у нее из глаз.

— Не, не сердитесь на меня... Я виновата... Простите мне... Вы не знаете, что я вынесла за эти дни. Какую ужасную борьбу сама с собой, измучилась душой. Простите!

Она зарыдала.

Он стоял посреди комнаты, смотрел на нее и молчал.

— Прости меня, — продолжала она, прерывая слова рыданиями, — если бы ты знал, как я тебя любила, если бы ты мог понять, чем ты был для меня... Я точно в угаре ходила... Месть... тоже упоение и опьянение... точно не я все это делала... Не помню ничего. Я больна, нравственно больна... Пожалей хоть меня... Я страшно страдала. Ты, Бог тебя знает, что делал, а я все видела, знала, молчала и одна со своими мыслями обезумела... В душу—то закралось, что не дай Бог тебе испытать.

Она упала ничком на диван, на котором сидела, и зарыдала еще сильнее.

— Прости меня, если я, не помня себя, тебе вредила... Пожалей, пожалей меня...

— Опомнитесь, Надежда Александровна, — заговорил он, наконец, строгим тоном, подойдя к ней, — не делайте еще большего скандала. Сейчас к вам приедет Нина Николаевна, а вы на что похожи...

Она опомнилась.

— Ах да! Я и забыла.

Она вскочила с дивана, хотела подойти к зеркалу, но зашаталась и не подхвати ее Бежецкий — упала бы на пол. Он бережно положил ее снова на диван.

Она была без чувств.

— Надя! Надя! Опомнись! Что с тобой, Надя! Боже мой, никогда с ней этого не бывало!

Он приподнимал ее с дивана, тряс за плечи, но она не приходила в себя.

— Опомнись, милая, поцелуй меня.

Он целовал ее в закрытые губы.

Ах, я проклятый!..

— Прости мне... Забудь... Забудь... — прошептала она, приходя в чувство.

— Я не сержусь на тебя... — поцеловал он ее. — Успокойся только, ради Бога. Я виноват тоже, сам виноват.

Он сел с ней рядом.

Она бросилась к нему на шею и снова зарыдала.

— Я люблю тебя еще больше жизни, больше всего на свете. Не могу жить без тебя...

— Ну, теперь и не расстанемся никогда. О прошлом поминать не будем. Оба мы делали глупости... Ну, успокойся...

Он гладил ее по голове.

Она плакала и смеялась одновременно.

— Ты любишь меня? Скажи, не разлюбил?..

— Я и сам не знаю, Надя! — задумчиво ответил он. — Иногда кажется, что очень люблю, а иногда, Бог знает, что со мною делается. Не хочу тебе лгать. Точно вдруг ненависть какая—то явится, а потом опять кажется, что люблю. Ты знаешь, я никогда не могу сам за себя отвечать. Сам себя иной раз не понимаю. Не могу с собой совладать. Одно только — не лгу никогда, а если увлекаюсь, то увлекаюсь искренне. Вот теперь кажется, что опять сильно, сильно тебя люблю и скажу опять по—прежнему: дорогая, ненаглядная моя...

Очень крепко поцеловал ее.

— Я виновата перед тобою, первый раз в жизни виновата, но это не повторится более, я дала себе слово не стеснять твою свободу. Буду довольствоваться тем, что есть. Не буду требовать того, что ты не можешь дать. Ты уже много до меня жил, а у меня ты первая привязанность.

Оттого я тебя и сильней люблю. Счастлива тем, что опять с тобой. Все перенесу, как обещала прежде, помнишь в первый раз, и так же буду счастлива, только нужно все устроить, чтобы ты был опять покоен.

Она восторженно глядела на него.

— Кажется, что это невозможно! — печально проговорил он.

— Нет, возможно! — Невозможного ничего нет, если сумеешь сделать, а я люблю и сумею. Уж я придумала, не мешай только мне. Сейчас приедет Дюшар, я скажу, что ты просил ее сюда приехать.

— Нет!.. Этого нельзя... — быстро возразил он. — Сюда... к тебе... Я просил... Да что ты! Разве ловко мне?

— Да, сюда, ко мне и ловко. К тебе неловко, а ко мне в дом — это приличнее.

— Ну, и что же дальше?

— А то, что она все сделает...

Она улыбнулась.

— Она к тебе неравнодушна, — продолжала она. — Не отпирайся... Я знаю... Мне нельзя сказать, что я, любя тебя, прошу — она тогда ничего не сделает, а ты скажешь, что для приличия только пригласил ее сюда с моего разрешения... Все будет сделано... Я оставлю вас вдвоем, и вы переговорите...

— Какая ты хитрая.

— Будешь хитрая, когда вся жизнь на волоске. Теперь я счастлива, счастлива... опять с тобой...

Она обняла его и поцеловала долгим поцелуем.

— Однако ты поправься, нехорошо, ты растрепана...

Она подошла к зеркалу и быстро привела в порядок свою прическу.

— Вот я и готова, — весело сказала она.

На лице ее не было никакого следа волнения.

— Быстрая перемена! — улыбнулся он.

— Такая же быстрая перемена должна теперь совершиться и с тобой и не для меня, а для тебя самого, для твоего же счастья это необходимо. Делом, делом надо заниматься, дорогой мой! Все от этого зависит. Изменишься, и общество к тебе иначе отнесется. Ты послушай, что я буду говорить тебе...

— Опять меня исправлять, — шутя заметил он.

— Нет, избави меня Бог от этого. Я наверное знаю, что тогда бы ты меня окончательно разлюбил, именно за это и очень скоро. Я буду говорить только о тебе, ради твоего счастья. Ты должен понять одно, что любя, я не могу смотреть хладнокровно на твое нравственное падение. Для тебя хочу, чтобы тебя уважали, и не в силах выдерживать двусмысленных улыбок на твой счет. Я тебя люблю... Люблю со всеми твоими недостатками, пороками, таким, каков ты есть. Но другие должны уважать тебя, если ты хочешь ими управлять. Я хочу, чтобы уважали и преклонялись перед тобой, моим богом, моей слабостью... Если же это божество... эта слабость... оказываются безнравственны и низки... Что же я после этого, я, боготворящая тебя... Я должна тогда забыть честь и совесть и поступать во вред делу... От этого — то у меня такая ненависть и проснулась к тебе вчера. Я хочу любить в тебе мое лучшее "я", высшее существо против меня и окружающих нас людей, а вчера, какое было унижение! Где то обаяние и сила, которые меня преклонили и поработили перед тобой?

— Но пойми, что этой силы нет, — нетерпеливо перебил он ее восторженный бред.

— Неправда, она есть, — вскричала она с еще большим увлечением. — Есть она. Ты только не хочешь отвыкнуть от дурных привычек. Ты такой способный, умный и добрый. Душа у тебя отличная, отзывчивая, я помню, сколько раз при мне ты помогал бедным. Если бы ты захотел только, то мог бы встать во главе какого угодно общества, не только у нас. А ты возишься Бог тебя знает с какой дрянью. Например, Шмель. Вчера ведь уличили его, что он подчищает отчеты. Конечно — так нельзя.

Она подошла к нему и взяла его обеими руками за голову.

— Ну, смотри на меня, ведь я любя тебя говорю... Неужели нельзя заняться делом серьезно, без легкомыслия... Вспомни, как мы сошлись с тобой, что говорили, на что надеялись! Как мы могли бы быть счастливы! Ведь у нее одна идея, одно общее дело, будем работать вместе в одну сторону. Если опять выберут, надо бросить прошлое легкомыслие, глядеть на жизнь серьезнее и тогда ты увидишь, что больше этого не случится, все будут уважать, любить тебя, как я люблю...

Он смотрел на нее, но уже скучающим взглядом.

Она этого не заметила.

В передней послышался звонок.

— Вот верно и она... — сказала Надежда Александровна, быстро отскочила от него и поправясь еще раз у зеркала, пошла в залу навстречу приехавшей Дюшар.

Это приехала она и входила уже в залу под густой черной вуалью.

# XVI

## У АКТРИСЫ

— Bonjoir, madame, — подала Нина Николаевна руку Крюковской, вошла в гостиную по ее приглашению и откинула вуаль.

— Ах! Вы, монсеньор, здесь? — увидела она Бежецкого. — Я думала, что я буду одна. Я так просила.

Владимир Николаевич молча поздоровался с нею.

Надежда Александровна не дала ему времени заговорить и усадила гостью.

— Я вам за Владимира Николаевича отвечу, — начала она с принужденным смехом, — вы, Нина Николаевна, вероятно, знаете, что случилось вчера. В "обществе" вышел скандал из—за Шмеля. Владимир Николаевич просил меня пригласить вас сюда приехать, боясь лишних разговоров, чтобы не сделать этим вам неудовольствие. Вы простите меня, если я осмелилась исполнить эту просьбу Владимира Николаевича и попросила вас сюда. Он так был расстроен, что я решилась, по дружбе к нему, исполнить его просьбу, даже не будучи с вами знакома. Вопрос в том, что вчера все "общество" ополчилось на Владимира Николаевича и во главе его Коган.

— Я вчера же это слышала и жалела очень, что не знала раньше. Тогда—то можно было это предупредить. Может быть, ничего бы и не случилось, — с расстановкой проговорила Нина Николаевна. — Но мне ужасно странно, что я у вас по поводу этого, — с улыбкой добавила она.

— Я всегда слышала о вас, — перебила ее Надежда Александровна, — как об очень развитой и гуманной женщине, и Владимир Николаевич также всегда говорил о вас с восторгом.

Дюшар потупилась.

— И еще говорил... Я скажу все, Владимир Николаевич? — обратилась к нему Крюковская.

98

Тот покорно наклонил голову.

— Говорил, что он считает за честь, что вы к нему всегда так дружески были расположены, что и теперь, он убежден, не откажетесь помочь ему подавить интригу Когана и Величковского. Он этого, скажу как член общества и актриса, вполне заслуживает.

— Если только я могу что—нибудь сделать, то сделаю с удовольствием, — жеманно ответила Нина Николаевна, — я всегда ценила заслуги Владимира Николаевича перед "обществом" — вот откуда наше хорошее знакомство, надеюсь, мадам, что это останется между нами.

— О! Вы в этом можете быть уверены вполне, Нина Николаевна... Если Владимир Николаевич доверил мне, то, вероятно, убежден, что отсюда это никогда не выйдет. Я многим обязана ему, а потому очень рада ему услужить, но перейдем к делу. Нужно взять господина Когана за бока, и это сделать можете только вы, Нина Николаевна. Он член в вашем благотворительном Обществе и, как я знаю, очень этим гордится и дорожит. Недавно я с ним каталась, — смеясь прибавила она, — он мне хвастался, что через вас и ваше общество получит скоро отличие и будет настоящим кавалером. Если что можно сделать для Владимира Николаевича, то через него. А затем вы меня извините, Нина Николаевна, ко мне неожиданно сейчас приехала одна моя старинная приятельница, которую я давно не видала, и мне нужно кое о чем распорядиться... Я распоряжусь и сейчас же вернусь. Pardon, — встала Крюковская...

— Ах! Пожалуйста, не стесняйтесь, только прошу вас, чтобы ваша приятельница на знала, что я здесь. Пожалуйста, чтобы это не разнеслось...

Надежда Александровна ушла.

— Как мне странно, — презрительно огляделась Дюшар, — я здесь... я... у актрисы. Но это, мой дорогой, только для вас. Надеюсь, нас никто здесь не подслушивает? — обратилась она к Бежецкому.

— Никто!.. Merci, что приехали сюда... — взял он ее

руку и поцеловал. — Вы этим доказали, что действительно я могу относиться к вам, как у другу. У меня большая неприятность, un grand desagrement. Я просто не знаю, что делать? Помогите мне как—нибудь побороть моих врагов. Я только на вас и могу надеяться. У меня нет другой поддержки.

— Так только это нужно... Давно бы сказали... С этим народом я скоро справлюсь. Во—первых, если Коган ваш враг, так завтра же может быть вашим другом, — засмеялась она. — Он у меня теперь в руках... Entre nous soit dit, от меня зависит представить его к тому украшению, которого он с таким нетерпением жаждет.

Она сделала жест около шеи.

— Я председательница общества, стоит мне ему только слово сказать, и он все что угодно сделает. Я сейчас же за ним пошлю, он сам будет ездить к вам просить и устраивать, но...

Она остановилась и пристально посмотрела на него.

— Что это значит, что вы здесь у этой... мадам Крюковской, у актрисы... Fi donc! Это не наше общество. Я ужасно боюсь, — добавила она, понижая голос и оглядываясь, — она разболтает, будет хвастать, что я к ней приезжала, так неприятно, si desagreable!

— Нет, quelle idee, об этом не беспокойтесь, — поспешил уверить он ее. — Я боялся вас к себе просить, тотчас после вчерашней истории. И к вам тоже ехать — скорее бы разнеслось. Вы будьте покойны, отсюда не выйдет c'est plus convenable... Я понимаю вашу жертву и ценю. Вы для меня сюда приехали. С вашей стороны, это в самом деле подвиг. Merci за это... merci.

Он с нежной улыбкой крепко поцеловал ее руку.

Она поцеловала его в лоб и встала.

— Я теперь уеду, неловко долго оставаться. Когана к вам пришлю сегодня же et je lui ferais une petite reprimande, все Бог даст, устроится, как было. Вы завтра вечером ко мне приезжайте кушать чай как ни в чем не бывало. Au revoir!

— подала она ему руку, которую он поцеловал, — я вас жду завтра. Je serais seulle a la maison.

Она лукаво улыбнулась.

— Кланяйтесь мадам Крюковской! Пожалуйста, только, чтобы никто не знал, что я здесь была.

Владимир Николаевич проводил ее до передней.

— Уехала? — спросила его Надежда Александровна, когда он возвратился в гостиную.

Она была в шляпе, перчатках и с муфтой.

Он утвердительно кивнул головой.

— И обещала сделать все под мой диктант? — рассмеялась она.

— Уехала и все обещала.

— Теперь ты понял, что я сделала? — положила она ему руки на плечи.

— Понял, — поцеловал он ее руку поверх перчатки, — и плут же ты! Сама напортила, сама же и устраивает...

— Да, сама расстроила, сама и устрою. Не могу против тебя чувствовать себя виноватой. Но ты понимаешь, какие это люди? Куда ветер подует. Пешки, неспособные сами думать и передвигаться. Разве можно делать какое—нибудь дело с такими людьми. Все у них основано на личном расчете. Умей только поймать их за этот конец — води на поводе, куда угодно и верти ими, как пешками. И это общество! Разве могут они быть способны создать что—нибудь прочное и полезное? Не доросли еще до этого и долго не дорастут. Божек им нужен, игрушка красивая. Из—за этого они себя продадут, свою совесть, все... Можно ли от них чего—нибудь ждать хорошего?.. Жить—то с ними и то не стоит. Так вот уж... с тобой я связалась и распутаться не могу, а то бросить только стоит... Ну, а теперь прощай.

— Ты куда едешь?

— В "общество" вертеть других дураков, а то на эту одну аристократическую белиберду положиться тоже нельзя. Там теперь идет репетиция. Поеду бунтовать актеров, и скоро ты опять будешь блестеть и сиять прежним ореолом славы и величия...

Она с хохотом поцеловала его.

— Вертит людьми, — захохотал и он, — и ей же еще это не нравится, издевается над ними, весело, что другие под ее дудку пляшут. Самовластная женщина!

— Весело!.. Нет, друг, не весело, — злобно засмеялась она. — А то меня злит, бесит, что такие куклы могут иметь влияние на серьезные дела и имеют, да еще думают, что способны на что—то! Туда же, развитой, интеллигентной женщиной себя считает. Благодетельница рода человеческого!

— Сама заставляет ее мне помогать и сама ругает, что ее послушались. Ревнивица ты, больше ничего, — со смехом заметил он.

— Да ругаю, потому что это унижает человека, а вовсе не ревную. Однако мне пора. Прощай.

— Да и я с тобой. Мне только проститься с Натальей Петровной.

Последняя на зов Крюковской вошла в залу.

Бежецкий крепко, с чувством, пожал ее руку и ощутил ответное пожатие.

Это не ускользнуло от Надежды Александровны.

# XVII

## ПОДРУГА

Прошло около недели.

Надежда Александровна провела все эти дни в беспрерывных хлопотах! Она интриговала, просила, убеждала, подзадоривала.

Дело вторичного избрания Бежецкого — цель предпринятой ею работы — было, что называется, на мази.

Но чего только не наслышалась она о любимом человеке за это время в ответ на ее ходатайства за него.

При ней не стеснялись, так как она делала вид, что хлопочет не за него, а за дело.

Разбитая и нравственно, и физически, возвращалась она обыкновенно к себе.

— Так неужели он вор? — вспоминала она, оставшись наедине сама с собой, слышанные ею разговоры. Все говорили! В ушах точно звон идет! Вся кровь у меня прилила к лицу... Обидно... Унизительно... Эта история с дочерью подрядчика... Разорвал векселя, а ее не принял. Да ведь не мог же он принять! Не успел, а не украл — старалась она найти оправдание своему кумиру.

— Я их убеждала в том, что не украл, что он не вор, и, кажется, убедила, — продолжала она соображать, — но как было тяжело лгать. Убеждать в том, во что сама перестаешь верить — это пытка! Пообещала каждому лакомый кусочек! Подкупила всех — каждого его личным интересом! Я—то убедила их, они поверили... а я... изверилась и разубедилась в конец.

К такому угнетенному нравственному состоянию Крюковской присоединилось еще вскоре, не ускользнувшее от ее наблюдения, новое увлечение Владимира Николаевича Натальей Петровной Лососининой, бывавшей у нее почти ежедневно.

Она заметила даже, что они, не стесняясь, назначают в ее отсутствие свидания в ее квартире. Она, раз возвратившись домой, застала их tete—a—tete.

Ее подруга, видимо, благосклонно принимала эти ухаживания, надеясь, при возвращении Бежецкому его прежнего положения, о чем, как она знала все хлопотали, пробраться при его помощи на сцену "общества поощрения искусств".

Надежде Александровне при этом открытии стало положительно гадко.

В озлоблении на него, она вновь вспомнила слышанные о нем пересуды.

— Неужели он мог быть вором? Человеком, которому я принадлежала. После этого, что же чистого, не загрязненного могло остаться во мне?

Она содрогнулась.

"А я люблю его... все еще люблю, — принялась она за анализ своего чувства. — Не могу изменить себе, своему чувству. Я не его, а свое чувство к нему люблю теперь. С этим и умру. Говорят, в этом видна честная женщина! Нет, это падение... глубокое падение! Я низко упала и не встану. И все мы одинаковы, и честно любить не можем, и ненавидеть честно не умеем. Лучше умереть, чем так жить, — решила она. — Мне теперь более ничего не осталось. Мне его не переделать и самой переделаться нельзя. Я слишком много любила его, отдавала этому чувству все мои силы. Больше сил во мне не найдется для другого такого же чувства. Я не сумею еще так любить. Да и зачем любить? Кого? Себе изменить надо, полюбив другого, или влачить, как все, гнусное существование, отдаваясь не любя".

Она снова содрогнулась всем телом.

— Нет, я этого не могу, — вскрикнула она. — Слишком скверно идти по общему пути, меняя поклонников, осквернять себя. А молода ведь я... жить хочется. Без личного счастья не проживешь. Нет, лучше умру... спасу его и умру, если он не изменится и не даст мне за все, что я перенесла за него, этого счастья. И его погублю... но погублю совсем.

На этом решении она успокоилась.

Владимир Николаевич на самом деле серьезно увлекся Лососининой. Ее вызывающая красота, ее полные неги манеры, не могли не произвести впечатления на искусившегося в жизни ловеласа, которому, как и всем ему подобным, нравится в женщинах не натура — она уже давно приелась — а искусство. Этого же искусства было в Наталье Петровне — опытной куртизанке, — что называется, хоть отбавляй.

Не мудрено, что успокоенный Дюшар и явившимся к нему в тот же день по ее обещанию Коганом, рассыпавшимся перед ним в любезностях и сочувствии, и зная, что Крюковская имеет большое влияние в "обществе", и если взялась, то сделает дело, Бежецкий, уверенный в лучшей будущности, увлекся встреченной им обаятельной женщиной, как он называл Наталью Петровну, ни на минуту не задумываясь о том, какое впечатление произведет это его увлечение на Надежду Александровну — женщину, положившую за него всю свою душу.

Такова была натура этого современного мотылька.

В одном лишь ошиблась Крюковская — это в том, что они заведомо назначали свидания у нее в квартире. Свидания эти начались и продолжались совершенно случайно. Лососинина первые дни ежедневно приезжала к своей подруге и, не заставая ее дома, беседовала с Дудкиной, а Владимир Николаевич приезжал справиться о положении дел в "обществе".

Таким образом они и встречались.

— Надежды Александровны нет дома, да все равно посидите; я сейчас прикажу вам подать кофе, — встретила его Дудкина, через несколько дней после посещения Нины Николаевны, когда он приехал к Крюковской узнать от нее о результатах ее хлопот в "обществе".

— Вот Наталья Петровна, — указала она на вошедшую в гостиную Лососинину, — займет нашего дорогого гостя...

Увидав снова Лососинину, Бежецкий не устоял и остался.

— Вы такая красавица! — продолжала ораторствовать Дудкина. — Вам легко занять кавалера. Вот в прежнее время я бы вам этой чести не уступила: хоть десять человек будь кавалеров — всех одна, бывало, займу. Ух, какие были у меня протекции, а теперь уж форсу и авантажу того во мне нет.

Анфиса Львовна вышла.

— Коми какой эта Дудкина!.. Всегда таких вещей наговорит, что сконфузит даже! — заметила Наталья Петровна, усаживаясь на диван.

— А вы часто конфузитесь? Это очень мило в женщине! — подсел он к ней.

— Только нахальные женщины не конфузятся, а я не нахальна и притом нахальство в женщине не изящно...

— Я очень хорошо вижу, что вы во всем изящны...

— Как это вы могли так скоро заметить и в чем это?

— Начиная с вашего костюма, — оглядел он ее с головы до ног восторженным взглядом. — Но я, впрочем, не хочу затрагивать вашу скромность. Скажешь — опять сконфузишь, хотя к вам очень идет, когда вы конфузитесь...

Он засмеялся.

— О вы, кажется, человек, который не полезет за словом в карман, когда захочет сказать комплимент женщине, — кокетливо улыбнулась она. — Вы и не говоря, умеете сконфузить...

— Однако вы бедовая барыня, с вами надо держать ухо востро... Умете быстро читать между строк...

— Что же тут дурного. Живя одна, по неволе привыкнешь различать, что и в каком тоне говорится и как кто относится.

— Ну, разве я неправду сказал, что вы бедовая! — продолжал смеяться он. — Только в данную минуту на мой счет вы ошиблись, я не хотел вам говорить комплиментов, а просто высказал вслух произведенное вами на меня впечатление. Мне кажется, что в моей откровенности для вас ничего не было обидного, а, напротив...

— Во—первых, — перебила она его, — я никогда ни на кого не обижаюсь, а во—вторых, знаю себе цену сама.

— Должно быть, барыня, вас в жизни баловали—таки порядком? — расхохотался он.

— Ах, нет, меня жизнь не баловала! Вероятно, мы с вами бы здесь не встретились, если бы это было так... — задумчиво ответила она.

— Я не смею быть нескромным и спросить, что вас привело сюда, но желал бы узнать, почему если бы вам жилось хорошо, вы бы не поехали сюда? Надежда Александровна, кажется, ваша подруга и вам очень рада.

— Я приехала сюда места искать на сцене. Надя — здесь всеми любимая актриса и может мне помочь...

— Жаль, что вы не приехали несколько ранее.

— Почему?

Он коротко передал ей свою историю и свои надежды на возвращение своего положения.

— Прежде я счел бы за честь это вам устроить и надеюсь, что вы тогда бы благосклоннее на меня посмотрели. Да и теперь, если все уладится, как я предполагаю, я и все мое влияние будут к вашим услугам.

Она поблагодарила его улыбкой.

— Я не знаю, отчего вы подумали о моей неблагосклонности к вам...

— Если этого нет, то я очень счастлив, что ошибся. Я бы во всяком случае постарался добиться этой благосклонности...

В это время в гостиную влетела Дудкина.

— Я вам, Владимир Николаевич, приготовила кофе своими собственными руками. Надеюсь, что вам будет вкусно и приятно. Сюда прикажете подать или в столовую пожалуйте, там теплее и уютнее для интимных разговоров. Вот уголок, так бы с кем—нибудь вдвоем и сидел бы. Очень поэтично.

— Слышите, что говорит Анфиса Львовна? В столовой

уютнее и теплее... Пойдемте туда, авось вы там не будете такая холодная, — встал Владимир Николаевич.

— Мне все равно где сидеть, и я везде одинаковая, — поднялась с дивана Лососинина.

Они отправились в столовую и принялись за кофе.

Анфиса Львовна все продолжала увиваться около Бежецкого и всячески угождала ему. Видимо, у ней вертелась на губах какая—то просьба.

— Осмелюсь я вас попросить, Владимир Николаевич! — наконец начала она. — У вас такая добрая душа и уж такой вы мне благодетель. Окажите благодеяние до конца. Вы здешний житель, значит, знаете всех, а я здесь совсем одинокая женщина и никого не знаю. Вы изволили тогда по доброте вашей меня на службу принять, а Надежда Александровна мне платьев надавала, но все—таки у меня гардероб очень плох и из—за этого мне нельзя хорошие роли играть. Не знаете ли вы такого человека, который дал бы мне взаймы на экипировку. Я бы из жалованья стала выплачивать. Мне просто крайность...

— Вот, Анфиса Львовна, я могу вам предложить сто рублей. Это небольшая сумма, но в данную минуту я не могу вам больше одолжить, — он вынул из бумажника радужную и подал ей.

— Какой вы добрый и хороший человек! — воскликнула Лососинина.

Дудкина взяла деньги и бросилась целовать его в щеку и в плечо.

— Благодетель!

— Что вы, что вы, — отстранял он ее, — полноте! Это обязанность каждого человека по возможности помогать другому. Великодушным нужно быть, — обратился он уже к Лососининой, — чтобы и другие к нам были великодушны. Великодушие — вещь великая. Не так ли, Наталья Петровна?

— Вы меня этим поступком просто обворожили! Это так редко встречается! — подала она ему руку.

— А вы уж меня прежде обворожили, — крепко и

долго поцеловал он ее руку. — Я как заколдованный — от того и добр. Ваша вина. Женщина — очаровательный двигатель добрых сил в человеке.

Дудкина незаметно исчезла из столовой.

Этот—то tete—а—tete и застала Крюковская.

Она побледнела.

— Что в вами, Надежда Александровна? — спросил ее Владимир Николаевич, пока она холодно поздоровалась с ним и Лососининой, — вы бледная, нехорошая такая. Верно, ничего не удалось в "обществе"?

— Успокойтесь, — презрительным тоном ответила она. — Все удалось, и даже так, как я не ожидала.

— Удалось, значит — будем жить! — весело воскликнул он. — Отлично заживем. Merci, merci, вам, дорогая моя!

Он бросился к ней, схватил ее руку и поднес к губам, чтобы поцеловать ее.

Она вырвала ее.

— Зачем эти нежности? Не надо. Я и так сделаю. Обещала, так и сделаю. И вы можете быть счастливы и довольны.

В голосе ее звучало полное презрение.

— Коли в этом вы находите счастье... — помолчав, тем же тоном добавила она.

# XVIII

## КТО В ЛЕС, КТО ПО ДРОВА

В "обществе поощрения искусств" происходил между тем ужасный беспорядок.

Величковский оказался никуда негодным администратором.

Все лезли распоряжаться и дело, как ребенок у семи нянек, по русской пословице, оказалось без глазу.

Интрига, проводимая все эти дни Крюковской, возымела свое действие: все были недовольны новыми порядками.

— Помилуйте, Иван Владимирович, я хоть только эконом и не смею вмешиваться в ваши распоряжения как председателя, но все—таки скажу, что так нельзя. Как же можно ставить пьесу безграмотного автора, ведь в ней смысла человеческого нет. Поневоле публика освистала ее, — говорил Городов Величковскому через несколько дней по его избрании, ходя с ним по пустой сцене.

— По правде сказать, я не успел ее прочесть. Дела, знаете, много и на репетиции ни на одной не был, все по делам общества хлопотал. Туда поедешь, сюда, ну и некогда. Ведь актеры сами пьесу предложили, думаю, значит, хороша, а как свистать стали, так заливались, что я даже убежал.

— Мало ли что актеры предлагают? Вот автор теперь жалуется на них, что они семь раз за его счет ужинали, а ему это сто рублей стоило, прошла же пьеса один раз и они же сами отказались дальше в ней играть. Он их бранит на чем свет стоит, говорит, что они нарочно ее провалили, а с него ужины брали.

— Это он напрасно актеров винит. Не актеры, а пьеса виновата. Уж очень плоха. Я, когда слушал ее, сам ничего не понял, думаю, что за дичь, и Marie тоже сказала: что за бестолковщина!

— Так вот вы сами посудите, — засмеялся Городов, — если вы не поняли, так как же публике понять, а она ведь, бедная, деньги платит, думает в театре хорошее впечатление получить. Еще, например, ставят новую картину в древнем русском вкусе, а читает в ней стихи актриса в пышном бальном платье. Это уже совсем нехорошо. Потом Курский пьянее вина был.

— Так он с именин, — развел руками Величковский, — что же делать? Это еще не велика беда! Вот вчера я был на него очень зол: на целый час к спектаклю опоздал, не знаю, что и делать, где его сыскать, а публика кричит и шумит.

— Как же вы его не оштрафуете?

— Как оштрафовать? Он говорит: оштрафуете, а я больным на неделю скажусь. Вот тут и делай, что хочешь. Оштрафовать нельзя — он необходимый артист, без него сбора не бывает. Вот теперь жду ответа от Щепетович. Не знаю, возьмет ли роль? Если она не возьмет, то не знаю, что и делать. Некому дать. Хоть пьесу не давай. А что с ней станешь делать? — она по контракту обязана играть только три раза в неделю, в четвертый раз не захочет, ну и баста! Принудить не могу. Ведь не могу, Marie?

— Конечно, не можете, дядя! — подтвердила племянница Ивана Владимировича, находившаяся, как и всегда, около него.

— Это оттого, что вы им мирволите, — заметил Михаил Николаевич.

— Нет, батюшка, я не мирволю, а они, что я ни прикажу, все надо мной смеются да хихикают.

— Очень хихикают, даже, не стесняясь, при мне... — подтвердила Marie.

— Как же не смеяться, когда вы такие странные распоряжения делаете. Вдруг публике запрещаете аплодировать, ну они и обозлились.

— Я думал, больше в театре порядка будет.

— Потом, как же можно спрашивать у актеров, кто сочинил "Разбойников"? Кто же не знает, что Шиллер?

— Я забыл, да и не обязан знать — это не наша, не русская пьеса.

— Что это, Иван Владимирович, какие вы мне роли присылаете? Я вам не пешка. Не приму эту роль. В ней ни одного выигрышного места! — влетела на сцену Щепетович.

— Так что же я—то должен делать, Лариса Алексеевна? Это необходимо, иначе спектакль не состоится! — растерянно забормотал Величковский.

— Что мне за дело до вашего спектакля?

— Лариса Алексеевна, ведь вы служите, деньги получаете, так как же вам до спектакля нет дела. Если вас общество наняло, так для того, чтобы вы были полезны делу, а вы хотите играть только выигрышные роли, — заметил ей Городов.

— К чему вы—то вмешиваетесь? Не ваше вовсе это дело, — обрезала она его.

— Я вам сказал за Ивана Владимировича, как член общества.

— Что же у председателя своего голоса что ли нет? — расхохотался Вывих, приехавший вместе со Щепетович. — Это прелестно.

— Я с господином Городовым согласен! — поспешил заявить Величковский.

— А какое вы имеете право, — наступал на него Вывих, — требовать от актрисы того, к чему она не обязана. Я видел контракт Ларисы Алексеевны. Она должна играть только три раза в неделю, а вы в четвертый требуете — это незаконно. Я завтра же напишу, какие у вас распоряжения, — требуете того, на что не имеете никакого права. Вы бы прочли контракт—то.

— Merci, merci m—r Вывих, что вы за меня вступились, а то меня здесь притесняют и ролей хороших не дают. Только и играй все без щелчка.

— Так ведь я не виноват, Лариса Алексеевна, что вы публике не нравитесь! — рассеянно ответил Иван Владимирович.

— Что? Вы вздумали еще меня оскорблять? — напустилась на него Щепетович. — Вот вас Вывих продернет за это в газетах. Продернет.

— И продерну... — подтвердил Марк Иванович.

К ним подошли вновь прибывшие Петров—Курский и Бабочкин.

Увидав первого, Вывих быстро отошел.

— Здравствуйте, господа, я заехал узнать, будет у нас завтра репетиция или же не состоится, как и нынешняя. Потрудитесь мне сказать, Иван Владимирович, я тороплюсь в гости, — первый заговорил Курский.

— Я, право, еще и сам не знаю, какая завтра пьеса пойдет. Вы не уезжайте — нужны здесь.

— Какое мне дело, что я нужен. Я не нанимался торчать у вас целый день в театре.

— Поедем, брат, нас там ждут, там поросенок заливной на закуску приготовлен, — торопил его Бабочкин.

— Да погодите, господа, надо еще нам решить, какую пьесу поставить, — удерживал их Иван Владимирович.

— Что нам решать, нам какое дело? Я вам говорил — составьте комитет. Тогда мы сами и будем решать, а вы не хотели. Теперь сами и возитесь, — отвечал Сергей Сергеевич.

— Вот вздумалось еще — комитет! Поедем лучше! — ужаснулся Михаил Васильевич.

— Что же я сделаю, если Лариса Алексеевна играть не хочет, погодите уезжать, — умолял Величковский.

— Этакая неурядица. Как распоряжаются! — воскликнул Курский.

— Так я что ли виноват? Всегда меня винят, — жалобно протестовал Иван Владимирович.

— Чтобы вас не винили, составьте комитет. Дело пойдет лучше. Курский правду говорит. Они хотят этого и дайте им... — посоветовал Городов.

— Право уж, и не знаю! — снова развел руками Величковский. — Здравствуйте, Анфиса Львовна, — обратился он к только что приехавшей Дудкиной, здоровавшейся во всеми. — Скоро ли приедет Надежда Александровна? Надо сказать ей, что на завтра пьеса не состоится — надо переменить.

— Как переменить? — вспылила Дудкина. — А я для нее платье сшила. Зачем же меня в расходы ввели? Я играть не буду, пока не обновлю платья. А Надежда Александровна не совсем здорова и едва ли сегодня приедет.

— Так что же это, господа! — воскликнул в отчаянии Величковский. — Тот "не хочу", другой "не хочу". Я не знаю, что мне и делать.

— Кто же виноват, если вы распоряжаться не умеете. То и делать, что мы хотим. Составьте комитет, и все пойдет как по маслу, — заявил Сергей Сергеевич.

— К чему нововведения? Зачем еще? — проворчал Бабочкин.

— Конечно, комитет нужно непременно, — поддержал Курского Городов.

— Вот комитет — это другое дело. Мы все будем довольны! — решила Щепетович.

— Ах ты Господи! Ну, делайте, как хотите, лишь бы дело шло, — махнул рукой Иван Владимирович.

— Так комитет... Комитет... Отлично! — раздались возгласы.

— Моими распоряжениями не довольны, теперь распоряжайтесь сами, только порешите, Бога ради, на чем—нибудь. Я не знаю, какую пьесу ставить! — сквозь слезы проговорил Величковский.

Решено было спектакль на завтра отменить и вечером созвать комитет.

Все разъехались довольные.

# XIX

## СКАНДАЛ

На другой день, к восьми часам вечера в одну из зал "общества поощрения искусств" собрались все актеры и актрисы и открывали первое заседание комитета, в руки которого, как нам известно, Величковский передал свою власть.

Не было только Крюковской.

— Ну, слава Богу, дождались наконец—то. Сами гораздо лучше справимся, — начал Петров—Курский. — Садитесь, господа!

Все уселись за стол, покрытый зеленым сукном.

— Мы такую пьесу поставим, что прелесть! Вот что я думаю: поставим мы первый раз "Расточителя", — продолжал он.

— Сбору не даст! — отрезал Бабочкин.

— Конечно, два с полтиной будет. Вы лучше поставьте "Каширскую старину", — вмешалась Щепетович.

— В самом деле, поставьте, я отлично Марьицу сыграю! — вставила Дудкина.

— Это моя роль. Какая же вы Марьица? — накинулась на нее Лариса Алексеевна.

— Вы хотите все роли только себе забрать! — огрызнулась Анфиса Львовна.

— Неправда, не потому, но вы для драмы устарели.

— Как я устарела? Я, по крайней мере, опытная актриса, а вам только кококоток играть. Разве вы на что—нибудь другое годитесь?

— Что? — вскочила с места Щепетович. — Да что же это такое, господа? Меня оскорбляют, а вы молчите, — обратилась она ко всем.

— Перестаньте, барыни! — вступился Бабочкин и даже встал. — Садитесь, Лариса Алексеевна. Ну, садитесь же!

Она села.

Бабочкин тоже сел.

— Я вас помирю. Не надо совсем "Каширскую старину". Другое что—нибудь выберем. Не ссорьтесь только. По моему мнению, "Гамлета" надо поставить.

— Ты только все для себя хлопочешь, чтобы тебе поорать где было! — усмехнулся Курский.

— Я, брат, артист старой школы, люблю пьесы, где не только поиграть, а создать роль надо, а вы, нынешние, — не артисты, а ремесленники, — возразил ему Михаил Васильевич.

— Гамлет, конечно, и сбор даст. Я Офелию буду играть — согласилась Щепетович.

— Ну, а я играть в этой пьесе не буду, — вскочил Сергей Сергеевич.

— Так ведь тогда некому играть будет, так как и вчера у дяди, — наивно заметила оторопевшая Marie. — Как же быть? Вы, господа, пожалуйста, сладьтесь между собой.

— Ставьте для меня "Расточителя", — уселся снова Курский, — тогда я стану играть, а иначе брошу вас и уеду в провинцию. Вот и все тут. Посмотрим, как вы без меня обойдетесь.

— Нельзя же все только для вас одного ставить, а нам вам подыгрывать. Мы тоже не будем, — отвечала ему Лариса Алексеевна.

— И я не буду. Я прежде всегда была первая, для меня всегда пьесы ставились, — вскочила Анфиса Львовна, затем села повернувшись спиной к столу.

— Вы, Анфиса Львовна, играйте или не играйте — это как угодно, а задом к столу и ко всем садиться невежливо, — басом заметил ей Бабочкин.

— Как вы смеете мне делать замечания! Вы невежа! Я всегда умела себя держать и в большом мужском обществе, и все меня находили деликатной и великолепной. А вы меня учить — не оборачиваясь, сказала Дудкина.

— Да как же, когда вы нам спину показываете. Разве это вежливо?

116

— А что вы мне прикажете, лицом к вам перевертываться? — повернулась она на стуле. — Скажите, какие претензии!

— Лицом, не лицом, но все же. Так как же, господа, с пьесой? Надо что—нибудь ставить. Вот разве подождать Надежду Александровну — она приедет, так ее спросим.

— Почему это мы должны спрашиваться у госпожи Крюковской, — обиделась Лариса Алексеевна. — Скажите, пожалуйста, какое начальство. Я желаю сама решать.

— Да она мне сказала, что если мы составим комитет, то она ходить не будет, а тем более вмешиваться в дела. Говорит, что это одна кукольная комедия, — выпалила Дудкина.

— Как вы смеете позволять себе передавать нам, — сцепилась с ней снова Лариса Алексеевна, — что госпожа Крюковская нас куклами считает. Это дерзость.

— Ничуть не дерзость, — заметил Бабочкин, — потому что по—старому лучше было.

— Ты, Бабочкин, все за свои старые, отжившие порядки стоишь! — съязвил Сергей Сергеевич.

— Потому покойнее было — меньше неурядицы.

— Зачем же ты с нами в комитете заседаешь? Сиди себе дома да точи веретена, если нравится, а нам не мешай.

— Как не мешай? Вы мной будете командовать да распоряжаться, а я дома сиди и молчи. Шалите! Прежде я начальству подчинялся, а своему брату подчиняться не хочу.

— Господа, господа, перестаньте, надо пьесу выбрать! — послышались голоса.

— Поставьте "Как поживешь, так и прослывешь" — я много раз Маргариту играла, — сказала Анфиса Львовна.

— Да что вы, Анфиса Львовна! Маргарита в чахотке умирает, а какая же вы чахоточная? — запротестовал Курский.

— Вы мне ходу не даете. Это все только интриги одни, боитесь, что меня вызывать больше, чем вас будут, — сквозь слезы произнесла она.

— Как интрига! Разве вы смеете товарищей в таких вещах обвинять, — напустился на нее Сергей Сергеевич. — Кто виноват, что вы состарились и растолстели, да видно и из ума выжили.

Щепетович громко расхохоталась.

— Меня оскорбляют, на что это похоже? Какие позволяют себе говорить даме пошлости! Вы на моих крестинах не были, чтобы мои года считать, а до моей полноты вам дела нет, — со злобными рыданиями кричала Анфиса Львовна.

Лариса Алексеевна продолжала неудержимо хохотать.

Дудкина с презрением уставилась на нее.

— Конечно, я дама видная, не селедка какая—нибудь, как другие, — подчеркнула она.

Щепетович так быстро вскочила со стула, что задела Курского по лицу.

— Это вы на мой счет? Я, по—вашему, похожа на селедку? Если я селедка, так вы кочан капусты!

— Я, я кочан! — взвизгнула Дудкина.

— А вы что толкаетесь и не извиняетесь, разве это прилично. Не умеете держать себя в обществе! — старался перекричать последнюю Сергей Сергеевич, обращаясь к Щепетович.

— Да что это наконец, господа! — вступился Бабочкин.

— И всегда скажу, что вы и на женщину—то не похожи! — не унималась Анфиса Львовна.

— Ну, конечно, вы только одна женщина... — вышел из себя Михаил Васильевич.

— Вы с какой стати вмешиваетесь? Она вам с какого бока припека? — напустилась на него Дудкина.

— Пожалуйста, Бабочкин, отделайте эту госпожу хорошенько, вступитесь за меня, а то она зазналась слишком! — подзадоривала его Щепетович.

— За вас никому не следует вступаться, когда вы сами делаете невежества и не извиняетесь! — продолжал наступать на нее Курский.

В это время в залу, никем не замеченный, проскользнул Вывих.

— Я знаю, почему вы ко мне придираетесь... Не удалось... — язвительно заметила Курскому Лариса Алексеевна.

— Что не удалось? Что вы этим хотите сказать? Говорите, говорите... — вспылил Сергей Сергеевич.

— А то, что вы за мной ухаживали...

— Вот что открывается. Какие пошлости про себя сообщают! — всплеснула руками Дудкина.

— Как вы смели про меня это сказать? Я человек женатый, на всякую не брошусь! — крикнул Курский. — Разве в пьяном виде, так кто же виноват, что вы с нами напиваетесь...

— Хорош комитет! — фыркнул на всю залу Вывих.

— Вам что здесь угодно? Здесь комитет, и вам не место, ваше дело только подслушивать да в газетах разглашать. Потрудитесь выйти вон, — подлетел к нему Сергей Сергеевич.

— Здесь общая зала, я член общества, а потому имею полное право остаться, — уселся Марк Иванович к столу. — Притом и интересно — есть действительно, что сообщить в газеты.

— Ну, брат, — расхохотался басом Михаил Васильевич — задаст тебе завтра жена баню!..

— Если только вы осмелитесь сообщить, что сейчас здесь происходило, — я вам голову размозжу, сплетник газетный! — вышел из себя Курский.

— Что? — вскочил Вывих. — Что вы сказали? Повторите, повторите!

Марк Иванович все подступал ближе к Курскому.

— Не только не повторю и еще прибавлю, что вы лгун газетный. Пишете о том, чего не было...

— Я лгун, а вы нахал. Погодите у меня... Погодите... Не так запоете...

— Я нахал?.. Да как ты смел это сказать, бездельник!

— Как ты смеешь меня, негодяй...

119

Вывих не успел договорить, как Курский дал ему здоровенную пощечину.

— Так вот же тебе и негодяй...

Марк Иванович схватил стул и бросился с ним на Курского, но был удержан Бабочкиным и другими.

Скандал вышел полный. На шум вбежали игравшие в карты члены и гости "общества".

Так окончилось первое и последнее заседание вновь испеченного комитета.

Наличные члены общества обязали председателя Величковского созвать экстренное общее собрание для обсуждения положения дел и принятия каких—либо мер для восстановления порядка.

Такое собрание и было созвано через несколько дней.

# XX

# ВОЗВРАЩЕНИЕ

Описанным в предыдущей главе скандалом воспользовались как нельзя лучше Крюковская, Дюшар и Коган для окончательной пропаганды среди членов общества мысли о возвращении Бежецкого.

Созванное общее собрание было очень бурное. С Величковским на нем повторилась почти та же история, что и с Владимиром Николаевичем на прошлом собрании. Его заставили отказаться от должности председателя и проводили из залы вместе с неразлучной с ним Marie свистками и насмешками.

По инициативе присутствовавших на собрании Крюковской, Дюшар и Когана решено было единогласно просить Бежецкого вновь принять избрание и стать во главе общества.

Избрали депутацию, которая с этой просьбой и поехала к нему на квартиру.

Во главе депутации отправился сам Исаак Соломонович.

Члены в ожидании прибытия их избранных разбрелись по гостиным, буфетным и карточным залам.

— Что это я на вас погляжу, какая вы стали, Надежда Александровна? — подсел Бабочкин к Крюковской, приютившейся в уголке гостиной. — Стоит разве что—нибудь на свете, чтобы худеть и себя мучить. Я догадывался, а теперь знаю кое—что. Мне Дудкина рассказала. По-моему, надо на все это наплевать. Легче живется.

— На все можно плевать, но не на внутреннюю свою жизнь, в раздумье, как бы про себя, сказала она.

— Эх, о чем заговорили. Я на это дело давно махнул рукой. Вот и видно, что в вас еще жизни много, силы молодые — вас и мучают они, а вы бы жили по—нашему, "доживали", лучше — не волнуешься.

— Что это значит "доживали"? — вопросительно поглядела она на него.

— А так "доживай", как живется, а от людей лучшего не желай и не проси. Что нам! Доживем время и ничего нам не нужно. Выпьешь и ляжешь спать, а после нас хоть весь мир перевернись — не нам в нем жить, что лишнюю заботу на себя брать. Не принесешь пользы ни себе, ни людям. Пожалуй, еще после скажут: ерунды натворил. В хаос мыслей попадешь и еще жить тяжелее будет. А так доживай, водочку попивай, спи крепко, ешь сладко и гляди спокойно на мир Божий. Никто тебя не тронет! — грустно улыбнулся он. — Любите вы много других, себя больше любить надо. Душа у вас большая, широкая; сократить ее наполовину надо. Попробуйте, право...

Он дружески поглядел ей в глаза.

— Не могу я мириться ни с чем, — снова, как бы говоря сама себе, начала она, — я помню, как еще маленькая, живя в деревне у отца, раз убежала в лес и заблудилась на два дня. Тогда отец меня высек. Не помогло! Бывало только и хорошо мне, когда лето; бегаю на воле по полям, по лугам, порхаю свободно, как птичка, а зимой всегда больно—тяжело взаперти сидеть было. А как отец умер, я на сцену ушла. Если бы мать была жива, другое бы, может, дело было. На беду мою она меня ребенком сиротой еще оставила. Не помню ласки ее. Не испытала счастья. Всю жизнь между чужими.

— Вы, голубка моя, не грустите, может, еще и счастливы будете, — взял он ее за руку. — Вот теперь Владимир Николаевич будет опять председателем, оба вы успокоитесь, обвенчаетесь, ссориться не будете и пойдет все по—прежнему.

— Не хочу так жить, — нервно вздрогнула она, — не хочу я прежнего. Мне лжи не надо и лучше совсем не жить, чем изменить себе, своей натуре. Лукавить не могу. Мне с правдой только легко дышится, а от лжи я задыхаюсь. Не могу я видеть равнодушно всего, что здесь делается.

Она сделала презрительный жест.

— Каждый хлопочет для себя, какое тут искусство! Высшие лгут, подличают. Низшие унижаются, и все вместе ссорятся из—за прав на теплые места и самолюбия, — говорят это общее дело. Разве может оно тут быть, они даже не понимают его. Забыли его задачи, делают, что кому выгодно. Разве это общее дело? Это исковерканная жизнь общей лжи, — не хватает во мне смелости среди этих людей, где на каждом шагу натыкаешься на человека, который готов тебя продать, предать и задушить, если это принесет ему пользу. До положения животных дошли в своем эгоизме. Так можно ли жить с ними по—человечески, а я иначе жить не могу. Нет, жить мне нельзя!

Последнюю фразу она почти крикнула с какой—то внутренней болью.

Он испуганно посмотрел на нее.

— Что вы это говорите?! Подумайте хорошенько, другое дело себе найдите, уезжайте отсюда.

— Ведь люди одинаковы, — с горечью сказала она. — Везде теперь одно и то же. Я к ним не подхожу, не ко времени. Столетием раньше родилась, чем бы мне следовало, или несколькими столетиями опоздала. Теперь я не гожусь. Глупа для жизни. Не понимаю ее. И не умею наполовину жить... Для меня, мой друг, один исход остается: уехать туда, где не нужно современного ума. И я уеду! — загадочно добавила она.

— Приехал, приехал, господа! Бежецкий здесь, приехал! — раздались вокруг них восклицания.

Все поспешили в залу. Крюковская и Бабочкин, все продолжавший окидывать ее тревожным взглядом, пошли туда же.

Там уже стоял Владимир Николаевич, гордый, сияющий и довольный, окруженный раболепной толпой.

Возле него была Наталья Петровна Лососинина.

Оказалось, что депутация застала ее у него, и он приехал с ней вместе.

Увидав ее, Надежда Александровна дрогнула всем

телом, точно кто сильно ударил ее. Вся кровь бросилась ей в лицо, потом она вдруг стала бледнее прежнего.

— Позвольте поблагодарить вас, господа, — говорил между тем Бежецкий, — за честь и доверие, которые вы мне оказали своим выбором и предложением занять опять тот пост, который я занимал столько лет. Доверие это настолько меня тронуло, что заставило забыть те недоразумения, которые, к моему большому сожалению, случились недавно между нами. И вы, и я хорошо понимаем, что мы не виноваты в них, так как они произошли вследствие неаккуратности Шмеля и вина его достаточно и заслуженно наказана исключением из общества с воспрещением когда-либо посещать его. Я же, со своей стороны, извиняюсь перед вами за мою обидчивость и отказ служить обществу. Теперь с новым рвением, забыв все прошлое, я постараюсь оправдать ваше доверие ко мне и принимаю с удовольствием управление делами общества.

Он поклонился всем одним низким поклоном.

Все наперебой старались пожать его руку, выразить свое удовольствие по поводу его возвращения.

— Очень рад вас видеть, — крепко жал ему руку Городов, — я теперь здесь экономом и надеюсь угодить вам и увидеть, наконец, свою пьесу на здешней сцене.

— Какая унизительная картина! — с нескрываемым омерзением сказала почти вслух Крюковская. — Все прежде гнали, а теперь унижаются.

— Здравствуйте, Надежда Александровна, — подошел к ней Владимир Николаевич. — Что же это вы ко мне и не подошли, подумаешь, что не рады меня видеть здесь?

— А, пожалуй, что и не рада! — подала она ему свою дрожащую от волнения руку.

— Странно мне это, — пожал он плечами, — и не совсем любезно с вашей стороны...

— Извините! Но, по крайней мере, я думаю, что это лучше и искреннее всех других приветствий. Я прямой человек, Владимир Николаевич!

— Прямой, но непонятный, не совсем уживчивый и слишком переменчивый...

— Ну, в этом—то вы меня не можете упрекать, напротив, слишком постоянный... но надоедливый человек, как всякое напоминание совести! — в упор глядя ему в глаза, медленно, с расстановкой сказала она.

— Странно, — мрачно начал он, — вы хотите опять...
Он не договорил.

Его снова обступили с вопросами по делам общества.

— Позвольте, господа, позвольте, — зажал он уши. — Я сегодня здесь гость, а завтра займусь делами. Сегодня же мы будем только пировать.

# XXI

# НЕ ДОЖИЛА

Дюшар и Коган не приняли приглашения Бежецкого на заказанный им роскошный ужин.

Первая просто ужаснулась даже при его приглашении.

— Quel horreur! С актрисами! Я и так большую жертву принесла для вас, что приехала сюда, и это только для вас, mon cher.

Она кокетливо улыбнулась.

Он проводил ее до швейцарской.

Исаак Соломонович объявил, что обещал ужинать со Щепетович, пригласить которую Владимир Николаевич не мог, так как она была в контрах с Лососининой — из—за Ларисы Алексеевны "пьяницы—мужа", как выражалась Наталья Петровна, что бросил ее в гостинице.

Ужин, таким образом, состоялся en petit comite. В нем приняли участие Лососинина, Дудкина, Крюковская, Городов, Бабочкин, Петров—Курский и Вывих.

Последних предварительно помирил у буфета Городов.

— Господа, так право нельзя быть в ссоре двум членам одного и того же общества. Помиритесь, господа, все благополучно устроилось и вы должны помириться. Кисло—сладкий Величковский был виноват во всех беспорядках, и его уж нет — он поплатился за все. Вы люди одного и того же закала и направления, надо забыть, оба были виноваты. Вам, Вывих, вперед не писать о Курском, а вам, Курский, не драться с Вывихом.

— Да я что же... Я ничего... — говорил Вывих.

— Я, право, не хотел того, что случилось... Сам не помню, как это в раздражении у меня вышло, — показал Курский жестом, как дают пощечины.

— Ну, так вот выпьем вместе и помиритесь, — решил Михаил Николаевич.

— Я не прочь мириться, если он меня не будет ругать печатно... — согласился Сергей Сергеевич.

— Я не буду ругать, но только и вы, пожалуйста, не того... сделал Вывих жест рукой, показывая, как бьют.

Враги выпили и расцеловались.

Ужин начался шумно и весело. Одна Крюковская, холодно поздоровавшаяся с Лососининой и севшая на противоположном от нее конце стола, рядом с Бабочкиным, была сосредоточенно—печальна.

Наталья Петровна с тревогой поглядывала на нее.

Это не ускользнуло от внимания сидевшего с ней рядом и не спускавшего с нее глаз Бежецкого.

— Надежда Александровна не в духе. Вы не удивляйтесь. Я за последнее время привык ее видеть такой, — сказал он.

— Я не в духе? — пристально посмотрела на него Крюковская и деланно рассмеялась. — Напротив, очень в духе и готова много веселиться и смеяться. Но удивляюсь вам, зачем вам понадобилось замечать мое расположение духа. Вы от меня теперь получили уже все, что могли требовать, — с явной насмешкой в голосе добавила она. — Я больше ни на что вам не нужна, а также и мое расположение духа.

— Ну, об этом после поговорим, — нетерпеливо перебил он ее и отвернулся.

— Теперь мы поживем с вами, Наталья Петровна, ух как поживем — знатно! Ведь вы не уедете, можно будет служить? — обратился он к Лососининой.

— Погодите торопиться! Понравлюсь ли я публике? — улыбнулась та.

— Вы кому—нибудь не понравитесь! Не поверю — это невероятно. От вас все будут без ума, так же, как и я.

Он бросил взгляд в сторону Надежды Александровны.

— Вы всегда веселая, всегда в духе, — подчеркнул он. — С вами не видишь, как время летит.

Лососинина переменила разговор, переведя его на недавнее примирение Вывиха и Курского.

— Отлично, — саркастически расхохоталась Крюковская, — подрались, помирились и оба довольны остались.

— Конечно, отлично: меньше неприятностей будет, да я это все по—старому поверну, лучше разве ссориться? — заметил Бежецкий.

— Какая ссора?.. Ссора ссоре рознь... — возразила она.

— Лучше совсем не ссориться, а жить в ладу, не мешая друг другу и не стесняя. Это приятнее, веселее и свободнее... — наполнил он бокалы шампанским.

— Как для кого! Кто может, а кто и нет.

— Конечно, это зависит от характера, Надежда Александровна. Если у вас дурной, неуживчивый характер, то нельзя всех судить по себе.

— И вы можете это мне говорить? — нервно откинулась она на спинку стула.

— Не волнуйся, Надя, тебе вредно, — не на шутку перепугалась Лососинина. — Ведь Владимир Николаевич все шутит и шалит только.

— Ты всю жизнь шутила, — колко и зло ответила ей Крюковская, — ну и шути, а я шутить с собой никому не позволю. Шалить не умею и не желаю шутить.

— Я вас уважаю, Наталья Петровна, — сказал Владимир Николаевич, — за то, что вы умеете шутить — это доказывает ум, желал бы с вами всю жизнь прожить, прошутить и прошалить. Никогда бы не изменил вам и не бросил вас, как ненужную вещь.

Он несколько раз выразительно посмотрел на Надежду Александровну.

— Ах, какой вы приятный шалун! — вставила Дудкина.

— Что вы хотите этим сказать, Владимир Николаевич? — задыхающимся голосом начала Крюковская, поднимаясь вся дрожащая со своего места. — Оскорбить тем, что сказать мне, что я глупа, — так это дерзость или издевательство надо мной и над нашим прошлым — так это может сделать только нечестный человек.

— Опомнитесь, Надежда Александровна, — вскочил

он, — таких вещей порядочным людям не говорят. Я не понимаю ваших намеков о нашем прошлом.

— А я поняла, — горячо и порывисто продолжала она, — я вам сказала только, что вы нечестно со мной поступаете, как вы вскочили. Что же должна сделать я, над которой вы издеваетесь и ругаетесь.

Она в изнеможении опустилась на стул. Он тоже сел.

— Мне это, Надежда Александровна, наконец надоело. Я попрошу вас раз и навсегда мне никаких напоминаний не делать. Честно, нечестно я с вами поступил — никого это не касается. Я не желаю быть судим никем! Я не виноват, что вы в запальчивости не умеете сдерживать ваших чувств и афишируете ими.

Она вздрогнула, но молчала.

— Господа, — обратился он ко всем, — кто мог понять, что я сказал что—нибудь на счет Надежды Александровны, а она, принимая мои слова на свой счет, делает вид, что будто бы между нами были какие—то отношения.

Она продолжала молча не спускать с него глаз. Присутствующие тоже молчали.

— Если бы даже это было так, то честный человек никогда этим на хвастается, — снова обратился он к ней. — Если же вы желаете сами делать в таких вещах публичные признания, так я не желаю себя срамить. Наших отношений с вами, какие бы они там ни были, никто не знал, но после всего случившегося, конечно, как порядочный человек, я должен от вас удалиться, потому что у меня вовсе нет охоты быть публично оклеветанным в нечестных поступках. С этих пор я считаю и говорю это при всех: наши отношения и знакомство с вами закончены навсегда. Мне бы нужно было отсюда сейчас уйти, но на основании пословицы: "был молодцу не укор" я остаюсь. Мне не совестно настоящей нашей сцены: ведь с мужчины всякие любовные дела, как с гуся вода, если что и было, всякий скажет: шалость — больше ничего!

Он рассмеялся.

Надежда Александровна медленно встала со стула.

— Однако, господа, не будем прерывать нашего веселья, — снова заговорил он уже совершенно спокойным голосом. — Человек, шампанского!

— А я прерву! — задыхаясь от волнения, почти шепотом, произнесла она и, быстро обойдя стол, остановилась около Бежецкого. — Вы сказали все, что хотели? Теперь моя очередь. И я скажу. Скрывать мне больше нечего. Все во мне опозорено. Прежде мужчинам их шалости проходили безнаказанно, а теперь...

Она подошла к нему совсем близко и быстро вынула из кармана бритву.

— Вот как платят женщины за эту шалость.

Она бросилась на него, но следивший и последовавший за ней Бабочкин схватил ее за руку. Бритва скользнула по обшлагу сюртука Владимира Николаевича.

Надежда Александровна, увидав, что ей помешали, быстро вырвала свою руку у Михаила Васильевича и с неимоверной силой ударила саму себя бритвой по горлу и упала на нее ничком, обливаясь кровью.

Все остолбенели.

Явилась полиция, доктор, и самоубийцу бережно повезли на ее квартиру, сделав необходимую перевязку.

Ее сопровождал Бабочкин.

Она умерла дорогой, не приходя в сознание.

— Дожить не сумела!.. — задумчиво сказал Михаил Васильевич, выходя из квартиры покойницы.

Так рано погибла в омуте искусства, а быть может, и в житейском омуте, родившаяся, по ее собственному выражению "не ко времени", — чистая, светлая, честная личность, для которой сцена была жизнь, но жизнь не была сценой.

Наше правдивое повествование окончено. Говорить о судьбе остальных героев и героинь не стоит. Они живут по—прежнему, припеваючи, среди вас, заражая воздух своим тлетворным дыханием.

Бабочкин доживает.

www.ingramcontent.com/pod-product-compliance
Lightning Source LLC
Chambersburg PA
CBHW050307260626
47156CB00005B/1696